封神榜・西周英雄傳奇

李元貞・編撰

中國歷代經典寶庫

7

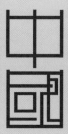

出版的話

時報文化出版的《中國歷代經典寶庫》已經陪大家走過三十多個年頭。無論是早期的紅底燙金精裝「典藏版」，還是50開大的「袖珍版」口袋書，或是25開的平裝「普及版」，都深得各層級讀者的喜愛，多年來不斷再版、複印、流傳。寶庫裡的典籍，也在時代的巨變洪流之中，擎著明燈，屹立不搖，引領莘莘學子走進經典殿堂。

這套經典寶庫能夠誕生，必須感謝許多幕後英雄。尤其是推手之一的高信疆先生，他秉持為中華文化傳承，為古代經典賦予新時代精神的使命，邀請五、六十位專家學者共同完成這套鉅作。二〇〇九年，高先生不幸辭世，今日重讀他的論述，仍讓人深深感受到他對中華文化的熱愛，以及他殷殷切切，不殫編務繁瑣而規劃的宏偉藍圖。他特別強調：

中國文化的基調，是傾向於人間的；是關心人生，參與人生，反映人生的。我們的聖賢才智，歷代著述，大多圍繞著一個主題：治亂興廢與世道人心。無論是春秋戰國的諸子哲學，漢魏各家的傳經事業，韓柳歐蘇的道德文章，程朱陸王的心性義理；無論是貴族屈原的憂患獨歎，樵夫惠能的頓悟眾生；無論是先民傳唱的詩歌、戲曲，村里講談的平話、小說……等等種種，隨時都洋溢著那樣強烈的平民性格、鄉土芬芳，以及它那無所不備的人倫大愛；一種對平凡事物的尊敬，對社會家國的情懷，對蒼生萬有的期待，激盪交融，相互輝耀，繽紛燦爛的造成了中國。平易近人、博大久遠的中國。

可是，生為這一個文化傳承者的現代中國人，對於這樣一個親民愛人、胸懷天下的文明，這樣一個塑造了我們、呵護了我們幾千年的文化母體，可有多少認識？多少理解？又有多少接觸的機會，把握的可能呢？

參與這套書的編撰者多達五、六十位專家學者，大家當年都是滿懷理想與抱負的有志之士，他們努力將經典活潑化、趣味化、生活化、平民化，為的就是讓更多的青年能夠了解繽紛燦爛的中國文化。過去三十多年的歲月裡，大多數的參與者都還在文化界或學術領域發光發熱，許多學者更是當今獨當一面的俊彥。

三十年後，《中國歷代經典寶庫》也進入數位化的時代。我們重新掃描原著，針對時代需求與讀者喜好進行大幅度修訂與編排。在張水金先生的協助之下，我們就原來的六十多冊書種，精挑出最具代表性的四十種，並增編《大學中庸》和《易經》，使寶庫的體系更加完整。這四十二種經典涵蓋經史子集，並以文學與經史兩大類別和朝代為經緯編綴而成，進一步貫穿我國歷史文化發展的脈絡。在出版順序上，首先推出文學類的典籍，依序有詩詞、奇幻、小說、傳奇、戲曲等。這類文學作品相對簡單，有趣易讀，適合做為一般讀者（特別是青少年）的入門書；接著推出四書五經、諸子百家、史書、佛學等等，引導讀者進入經典殿堂。

在體例上也力求統整，尤其針對詩詞類做全新的整編。古詩詞裡有許多古代用語，需用現代語言翻譯，我們特別將原詩詞和語譯排列成上下欄，便於迅速掌握全詩的意旨；並在生難字詞旁邊加上國語注音，讓讀者在朗讀中體會古詩詞之美。目前全世界風行華語學習，為了讓經典寶庫躍上國際舞台，我們更在國語注音下面加入漢語拼音，希望有華語處，就有經典寶庫的蹤影。

《中國歷代經典寶庫》從一個構想開始，已然開花、結果。在傳承的同時，我們也順應時代潮流做了修訂與創新，讓現代與傳統永遠相互輝映。

時報出版編輯部

【導讀】

神仙龍虎鬥

李元貞

《封神傳》又叫《封神演義》，現在流行的一百回《封神演義》，是明朝中葉以後，許仲琳先生編定的。

中國從北宋仁宗開始，社會上興起了一種說話人的娛樂活動，不但老百姓喜歡聽說話人講故事，連皇帝也很喜歡聽，所以在《封神演義》的前面，在宋朝、元朝之間，就已經有了《武王伐紂書》，算是《封神演義》的老祖宗，是當時說話人的底稿。另外，中國的志怪小說，從《山海經》開始，就有很多中國最古老的神話，加上魏晉的時代，印度佛經大量傳來我們中國，更產生了很多有趣的神怪故事，一直到唐朝的傳奇小說，宋朝的《太平廣記》，元朝、明朝的平話小說，都包含了大量的神怪故事。

在宋朝的說話人中間，有一種人專門講歷史故事，像《三國演義》、《隋唐演義》、《五代史演義》，都是從中國的歷史上找一些故事來誇大描述，讓聽的人歡喜高興。《封神演義》，剛好結合了中國的神怪故事和講歷史故事的傳統，合成一個以周武王討伐商紂王為故事主幹，和以闡教、截教、西方（佛）教的神怪相鬥為故事內容的平話小說，在明朝的中葉，很受中國老百姓喜愛。

《封神演義》雖然以周武王討伐商紂王為故事的主幹，寫的實在是姜太公（子牙）封神的故事，也就是說，作者從歷史上周武王伐紂的故事，演繹成一部跟歷史沒有多大關聯的神怪故事。故事的主人翁是姜太公，他的本名是姜尚，字子牙，號飛熊。在歷史上，真有姜尚這個人，也的確在年紀很大才遇到周武王的父親周文王，他不但有治國做宰相的才能，而且很會帶兵打仗，據說古代的兵書——《六韜》（ㄊㄠ tāo）是他寫的。

他幫助周武王打敗商紂王以後，周武王為了酬謝他，封了他原來的家鄉齊（今山東省）給他，他成為齊侯。他把齊國治理得很好，後代的人都叫他姜太公。春秋五霸之一的齊桓公就是他的後代，他有個女兒，嫁給周武王為妻，他變成周武王的岳丈。

在歷史上，姜太公當然不可能封神，也不是靠神道的關係打敗商紂王的，他和周文王兩人，都是善觀天下大勢，看清楚商紂王的腐敗無能，懂得培養自己的德行和力量，抓住時機才打敗商紂王的。可是，《封神演義》寫的不是真正的歷史，也不是真正的人間故事，它寫的是神和魔：神代表善的力量，魔代表惡的力量，在書中神方面是闡教，魔方面是截教，西方（佛）來幫助闡教，闡、佛皆願意幫助周武王和姜太公討伐商紂王，截教卻幫助商紂王，最後神戰勝了魔，是很簡單的善惡鬥法作戰的故事。

它的可愛處是將中國歷史或傳說的神或有名的人物，都使他們發生一點關係，像伏羲、神農、燧人、女媧、赤精子、雲中子等。有些完全是觀念上的，像元始（最初之意）天尊，鴻鈞（宇宙的古名稱）道人、通天（本領最大）教主，還有老子（因為老子《道德經》一書喜歡討論宇宙的問題，所以變成本書中法力無邊的神仙，也是元始的師兄，跟歷史上的老子是兩回事）、商紂王、周文王、蘇妲（ㄉㄚˊ dá）己都編在一起，以增加故事的趣味性。它裡面寫得最好的兩個人物是姜太公和哪吒（ㄋㄨㄛˊ ㄓㄚˋ nuó chà）。姜太公代表中國老人可愛的一面，越老越有智慧，心地越寬厚，判斷越正確。哪吒代表一個聰明頑皮的少年，他因為頑皮，所以不太聽父親管束，犯了很多錯；又因為聰明，接受了老師的教訓，將聰明用到大事業上面去。

這本書想告訴大家，做一個國君，應該像周文王那樣愛護老百姓，如果像商紂王那樣殘暴無道的話，大家都會起來反抗他的，連神仙也會生氣，要下山來打倒他。書中有兩個商紂王的大臣聞太師和黃飛虎，都是了不起的人物，對商紂王都忠心耿耿，一個為了商紂王的無道而兵敗戰死；另外一個被商紂王逼到絕路，只好反叛，兩個人都很令人感動。本書的原作者，對蘇妲己太過分漫罵了，那是因為從前的人有「女人是禍水」的偏見，一個昏君通常都會配上一個美人，好像昏君的所作所為，都是這個美人害的，其實這是不正確的，因為故事裡的妲己，完全是被紂王強迫進宮的，她進了宮容易跟着紂王學壞，所以本書在改寫她的時候，多少修改了一些不太合理的地方。其實在改寫原書所有人物的時候，都整理刪修了一些地方，使他們個性明顯一點，故事發展合理一點。

一百回本的《封神演義》，情節太過於散漫龐雜了。本書抽取了原書的精華，寫成了十個英雄故事，另外一章是附錄一些可讀的小故事。原書在文字上，充滿了中國文字特有的名詞性的想像力，有一大堆千奇百怪的厲害武器的名字，像乾坤圈、混天綾、打神鞭、定海珠、開天珠、陰陽鏡、番天印、風火輪、招妖旗、戮魂旗、七寶妙樹、九龍神火罩、綑仙繩等等不勝枚舉。這些武器實際上不會有這麼大的法力，但從名詞上，我們都能獲得它們想像上的美感。原書中有一大堆的詩，這是中國平話小說的習慣寫法，以現在的小說觀點來看，都覺得所插入的詩作是很多餘的，因此在改寫的時候，全部都刪掉了。在原典精選中則加以保留，讀者可以從中窺見原著的原貌。

《封神演義》對於神、魔的描寫，有些地方非常生動活潑，像哪吒的蓮花化身、土行孫的地行術、楊戩（ㄐㄧㄢˇ jiǎn）的幻術能力，神和魔打鬥的緊張熱鬧，都有它文學上想像力的創造，很值得大家喜愛欣賞。

封神榜◆西周英雄傳奇　目次

總論

認識《封神榜》

總論　認識《封神榜》

一、作者

《封神演義》的前身是宋、元間流傳下來的《武王伐紂書》。今存元至治刊本的平話書有五種：《武王伐紂書》三卷、《樂毅圖齊國春秋後集》三卷，《秦併六國秦始皇傳》三卷、《呂后斬韓信前漢書續集》三卷、《三國志》三卷，都是從北宋末期發展出說話人「講史」這一類的作品，作者皆不可知。

在《武王伐紂書》裡，已經有了《封神傳》故事的主幹，它已經先敘述蘇妲己被狐狸精所附而進宮誘惑紂王。再敘述雲中子進木劍除妖而紂王不聽，然後紂王作酒池肉林，關西伯姬昌於羑（ㄧㄡˇ yǒu）里（今河南省湯陰縣北，有牖城，牖即羑），再說到西伯逃歸故里，聘請姜子牙出來扶周滅商，因子牙神術高強打了勝仗。然後姬昌死，武王即位，武王遵奉父命同姜子牙大舉伐商，最後終於大勝，立了周朝八百年天下的基礎。

鄭振鐸在他的《插圖本中國文學史》中，認為《封神傳》採取《武王伐紂書》的事蹟很少。但是，從《封神傳》的故事結構來與《武王伐紂書》比較，完全是遵行《武王伐紂書》的，《武王伐紂書》已經有很多神怪的描述和思想，《封神傳》是更加演繹誇大寫成的。魯迅在他的《中國小說史略》中，已經提到《封神傳》有一百回，現在的通行本也都是一百回本的《封神傳》。

在臺北的書店裡，有文源書局出的《封神演義》一百回本，與河洛書局出的《封神演義》一百回本相同，但是，前者書面的作者署名是明朝的陸西星，後者署名的是明朝的許仲琳。根據魯迅的《中國小說史略》，他說明日本內閣文庫藏的明刻本《封神傳》一百回，署名許仲琳編，鄭振鐸的《中國文學史》與譚正璧的《中國小說發達史》，都從魯迅的說法。然而劉大杰的《中國文學發達史》，雖說是許仲琳編的，卻也括弧注明另有一說陸西星撰。一方面劉大杰沒有提出陸西星撰的任何說明，另方面查臧勵龢的《中國人名大辭典》，明朝陸西星的著作只有《南華經副墨》八卷，沒有提到《封神傳》，所以河洛書局署名許仲琳編的應該比較可靠。

許仲琳大約是明隆慶、萬曆年間人（約西元一五六六年前後在世），他是南京應天府人，名不詳，號鍾山逸叟。清朝梁章鉅在《浪跡續談》六（見《明清筆記小說大觀續編》）裡，談到《封神傳》，說《封神傳》的作者是明朝人，他寫作《封神傳》，想和明朝另外兩大小說《西遊記》和《水滸傳》鼎立而三。

二、社會背景與神怪小說

譚正壁的《中國小說發達史》中說，明朝初年，國君對於佛教、道教沒有歧視，對喇嘛僧也很優待。在明天順、成化年間，胡僧受到很好的待遇，佛教徒也因此假借餘光，勢力在道教之上。明武宗時也極喜歡佛教。到明嘉靖時，世宗信道教，道教勢力侵奪佛教，一般方士、真人，只要能獻一、二秘方，便得到世宗寵遇。四方愛獻靈芝、白鹿、白鵲、丹砂等，朝廷大臣也天天講符瑞、報祥異，當時的道士遍天下，道士的領袖可以封侯伯，官位上卿，下等的可以做個小官，做威做福，而且燬逐佛教。到明萬曆時，神宗又崇拜佛教，佛教徒為君王替身出家，其顯赫比擬王公。

在這種佛、道二教交替盛衰的情況下，他們的教徒當然喜歡各誇其教，大倡其道了。佛教、道教對中國民間思想的影響，都是與神怪故事有關的，像宿命思想、果報觀念，影響百姓最為普遍，遂成就了許多神怪小說，如《四遊記》、《西遊記》、《封神傳》等。

魯迅在《中國小說史略》說：「歷來三教之爭，都無解決，互相容受，乃曰『同源』，所謂義利邪正、善惡是非、真妄諸端，皆溷而又析之，統於二元，雖無專名，謂之神魔，蓋可賅括矣。」所謂三教，一般指儒、釋、道。《封神傳》裡談到的三教，指闡教、截教、人道。其實《封神傳》中的道人不管闡教、截教都是道教，人道不知所謂，大概指人間英雄吧！另外，傳中出現的道人還有西方道人，可算佛教。

人間英雄算不算儒教，實難清楚，而儒教一般來說，並不像道教、佛教那樣有宮、有廟，有道士、僧尼，不過是孔孟思想的信仰者，不能稱之為教。

本來一般所謂三教，儒教的觀念就是含混不清的，而一般佛教、道教都有很多互相參雜的觀念，無非像魯迅所說是神、魔二端觀念罷了。《封神傳》裡闡教、截教道人互鬥，等於是道教的道友們兩派相鬥罷了，一派屬於善的（神），一派屬於惡的（魔），神、魔介入人類（人道？）的爭戰，結果卻是自己道教的兩派鬥爭，西方道人（佛）是幫助神（闡教）派，難怪魯迅批評《封神傳》的思想，說其根柢是方士之見，實在不錯。

三、《封神傳》的思想

《封神傳》的故事，表面以周武王伐紂的故事為骨幹，實際寫的是姜子牙封神，是神、魔互鬥，並且同屬於一個教派。闡教、截教皆是道教，皆是鴻鈞道人的學生。

姜子牙封神的標準雖說是「陣亡忠臣孝子、逢劫神仙，早早封其品位，毋令他遊魂無依，終日懸望」，好像有個標準，仔細分析，暴君紂王也封神，忠臣、反臣也封神。闡教、截教雖以神、魔姿態互鬥，大概同屬於一個教派，所以死了的闡、截二派道人們全都封神，所謂逢劫神仙吧。可是周文王死了沒有封神、蘇妲己死了也不封神，說作者封神的觀念博大，神、魔一視同仁嘛，其實是含混不清；說是專為闡、截二派的神仙逢劫而封神嘛，人間許多好好壞壞、大大小小角色也全上「封神榜」，倒是有名的反而沒上。

想來想去，真不知道姜子牙封神的意義何在？倒彷彿像民間道士一樣，任何人死了，只要請他作醮薦亡他都會去安慰死靈。所有的神、魔、人雄死了都可以封神來監管人間，偏又忘了周文王和蘇妲己，所以有人說這種話本增益的小說，不是一人一時的創作，如果編定的人沒有什麼思想架構，他很容易混雜不清的。加上《封神傳》裡許多出名的人物，如姜子牙、哪吒、楊戬、雷震子、周文王、蘇妲己，全未上「封神榜」，因為前四位最後是重回道山而成聖，因此一般人流行說封神榜上的英雄，便不對了，只得說《封神傳》裡的英雄。既然封神的標準很含混不清，封神榜當然沒有多大意義，書名「封神」二字，不過隨意取民間的迷信觀念來粗率地應用而已。

鄭振鐸很稱讚《封神傳》，說他將武王伐紂那種「血流漂杵」的殘烈戰爭，描寫得悽怖威武；說他寫哪吒逼父，楊戬反殷（應當是黃飛虎反殷），都是舊禮教所不能容的；又說通天教主門下，萬彙皆仙，百獸不拒，亦頗使人有仁者澤及萬物之感。

《封神傳》應當是大力在描寫戰爭，神、魔打鬥得最厲害的算是十絕陣和萬仙陣，描寫得固然算是熱鬧，但因神、魔打鬥，離人間具體事實較遠，又給人神一定會勝的感覺（定命論），使戰爭悽怖的面目減弱不少。哪吒逼父、黃飛虎反商，應當算是《封神傳》

在思想上的反傳統的地方，雖然有些細節不算周全。至於通天教主的澤及萬物，反被元始、老子取笑打敗，神、魔互鬥時也並非在爭論這種觀念，而是在爭強好勝，比個高下而已，並未凸顯鄭振鐸所說的仁者感覺。

在《武王伐紂書》裡，殷郊是反商助周，《封神傳》寫成殷郊反周助商，譚正璧說「令人莫解其故。」也許《封神傳》的作者要寫出天下大義和父子情感的衝突吧！雖然他將這種衝突寫得很簡單，以至於不仔細思索就感覺不出來它的衝突了。在這種種情形下，難怪《封神傳》一直無法爬上《西遊》、《水滸》的文學地位。

四、如何賞析？

《封神傳》的好處，既不在思想深刻上，也不像《西遊》、《水滸》般在人物的對話和個性上那麼生動活潑。它的好處是在有些片段的創造上，武器名詞的想像力上，質樸但原始的民間情感和思想的反映上。蘇妲己的被強迫進宮、姜子牙下山隱居的經歷、哪吒奇妙的誕生及魂魄尋求棲身的怨苦、聞太師的忠心耿耿、黃飛虎反商的內心衝突、周文王的善觀事物的來龍去脈、楊戩變化的有趣、土行孫造型的鮮活及地行術的悲劇下場，都給人讀之有味的感覺。

《封神傳》一百回，情節實在太龐雜散漫了，所以在改寫此書的時候，就刪去定命論的思想，不強調姜子牙封神的意義，把原書的精華抽出來，保留住原始天真的想像力，戰爭熱鬧場面的描寫，加強人物個性的血肉，使改寫的十個英雄人物都有他們的特色，幫助一般讀者吸收原書的精神。

五、姜子牙封神敕文的翻譯和說明

見原書附錄第九十九回：

太上無極混元教主元始天尊告誡說：「嗚呼！仙人和凡人路途相隔很遠，不深厚地栽培慧根道行，怎能互相來往；神、鬼更是不同的道路，怎麼可能是一些諂媚奸邪的人類所能覬覦窺竊。就是在島嶼上努力服氣煉形，沒有能夠脫卻形體，最後仍免不了五百年後的劫運；就是抱持元神真氣，守住一始妙道的關鍵，如果不能超脫形體精神，難以到三千瑤池王母娘娘的宮中參加盛會。所以你們雖然學到了一些煉氣至道，還沒有達到菩提無形的境地（超脫人形思慮之謂）。你們可算是有心修持，但是貪癡妄念沒有脫離，你們有身可以入聖，但是因為嗔怒沒有除掉，所以才遇到這種以往的累積罪愆，而受到劫運的降落。有的可以脫卻凡軀而盡忠報國，有的卻因為嗔怒未除而自己惹上災殃。真是生死輪迴、循環無盡；孽冤輪逐、輾轉相報無止。我非常地悲憫你們啊！可憐你們身受刀兵之災，一旦沉淪在苦海之中，心雖忠進於神，卻常常死魂漂泊無依。特別命令姜尚（姜子牙）依照劫運（天命輪迴）的輕重，按照你們的資質品行的高下，封你們為天下八部正神，分掌各部司，按照秩序遍布天下，來糾察人間的善惡，檢舉天、地、人三界的各類人物的功勞行為。你們的禍福要看你們自己的作為，你們的生死從今天超脫，以後有功勞的時候，再照著順序升遷。你們要好好守天規大法，不要放肆貪心，自己惹上災殃，以留下你們的哀戚，將你們的行為，永遠寫在天上的簿子裡，變成掌握你們的關鍵。所以現在告誡你們一番，希望你們好好努力！」

從封神敕文來看，或者從《封神傳》全書的故事敘述、詩詞偈語來看，完全是反映中國從古以來（漢武帝以後集大成）民間的迷信思想。包括古來的淫祀、災異、瑞應、圖墓、天象、占卜、夢兆、拆字，以及古來的地理傳說、風土人情傳說、開天闢地神話，還加上佛教的因果報應、生死輪迴，和道教的導引（煉氣）、服食（仙藥）、佛道雜糅的鬼神、妖怪、還魂、託夢、定命、仙道等等雜說異想。

清顧炎武在《日知錄》卷三十「泰山治鬼」條裡說：「嘗考泰山之故，仙論起於周末，鬼論起於漢末。《左氏》、《國語》，未有封禪之文，是三代以上無仙論也；《史記》、《漢書》，未有考鬼之說，是元成以上無鬼論矣。……」錢靜方的《小說叢考》裡說：「太公封神之說，相傳已久。《史記．封禪書》，載始皇東遊海上，祀名山大川及八神。八神自古已有，或云太公以來始作之，此封神之說所由來也。」《史記》的〈封禪書〉，主要在描寫漢武帝的封泰山、求不死之藥，同時記述了一些利用漢武帝人君之慾的方士們的各種欺騙迷信異說。漢武帝跟秦始皇一樣，已爬到人間的最高地位，然而他們心裡不滿足，想封神以追求不死之藥，成為神仙。雖然漢武帝晚年醒悟，知道自己上了方士的當，但是，這種迷信思想，卻因為方士們假道教、佛教的一些說法，造成了中國民間強固的神仙鬼怪的迷信信仰，一直影響到今天。

根據人類學家研究原始宗教，都發現原始人類都以非人格化的超自然力，以及萬物有靈等一類素樸的方式來解釋自然界，同時原始宗教還發展一套巫術性思考，弗萊則（Frazer）在他的《金枝篇》（《The Golden Bough》）裡，說明原始的巫術信仰的法則，有所謂模擬巫術（imitative magic）及接觸巫術（contagious magic），兩者根據交感原則而行使巫術。所謂交感巫術（sympathetic magic），就是凡相類似或互為象徵的事物，可以在冥冥中相互影響。李豐楙先生在〈六朝鏡劍傳說與道教法術思想〉一文裡，引用弗萊則的理論，說明了六朝法術變化的觀念，如符印、劍鏡等均屬人間官府威權的象徵，既可制人，也可壓伏妖精鬼怪。

《封神傳》裡神怪打鬥的武器，十、九是根據這種法術變化的觀念而創造的，其中的妖精鬼怪或神仙變化，也不過是原始素樸的萬物有靈論的思想表現，最後姜子牙的封神，也是中國民間道、佛的巫師（教士們）對死靈的一種告慰儀式，也不分什麼善神惡鬼，只要願意到廟裡燒香（天命思想的通俗化），就可得到道士的追悼念咒升天。難怪魯迅說「《封神傳》：其間時出佛名，偶說名教，混合三教，略如《西遊》，然其根柢，則方士之見而已。」雖然《封神傳》裡也有長篇累牘的君臣之爭（忠君）的說教文字，也從哪吒故事點出了父子衝突的一些想法，但在整體的道、佛通俗化的思想體系中，兩者屬於儒家體系的問題，幾乎沒有什麼清楚的強調和表白。

第一章

殘暴獨夫商紂王

第一章　殘暴獨夫商紂王

商族的第一代祖先叫契（ㄑㄧˋ qì），傳說曾經幫夏禹治水，有功而被封在商地，傳到十三世成湯①，打敗了夏朝的暴君桀（ㄐㄧㄝˊ jié）②，正式建立商朝，一共傳了三十一個君王。紂王是最後一個亡國的君王。紂王的父親是帝乙，因為紂王自小聰明活潑，長大又力大無比，雖然他是帝乙的第三個兒子，卻很得父親的喜愛，於是被立為太子。

帝乙在位三十年而崩，托孤於太師③聞仲。帝乙死後，聞太師就立紂王為國君，首都在朝歌④。紂王本名受，中宮皇后姜氏、西宮妃黃氏、馨慶宮妃楊氏，都很賢淑。國中大臣除了文有太師聞仲，武有鎮國武成王⑤黃飛虎，以外又有老宰相商容、亞相⑥比干等人，都是賢臣良將，使得紂王安享太平有五年之久。當時四鎮大諸侯是東伯侯姜桓楚、西伯侯姬昌、北伯侯崇侯虎、南伯侯鄂崇禹，他們率領著八百小諸侯，都來朝見進貢紂王，更使得紂王自認為文才武功都比別人強大，就越來越剛愎自用，不把天下諸侯看在眼裡，對朝廷的政事也漸漸厭煩起來。

有一天紂王早朝登殿，很乏味地對大臣們說：「你們有什麼事情要報告？沒有就散朝！」這時是紂王即位第七年的春天，只有北邊偏遠的一個小諸侯作亂，太師聞仲已經奉命征討去了，國家也沒有什麼大事。紂王正想退朝消遣，宰相商容突然想起一件事情，便跪下來說：「明天是三月十五日，女媧娘娘聖誕日，請陛下駕臨女媧宮降香。」紂王無精打采地問：「女媧有什麼功德？須要我這萬邦之主去降香！」商容連忙解釋道：「女媧娘娘是上帝神女，曾經在天崩地坼的時候，煉成五色石來補青天，造福百姓，陛下為了國泰民安，應當去行香。」紂王無可奈何地說：「好吧，准行。」

第二天，紂王領了文武百官，到達了女媧宮，上大殿，焚香拜賀完畢。紂王看到女媧宮，非常整齊華麗，就到處觀看，無意中看見女媧聖像，容貌端麗，瑞彩翩翻，宛然如生，心中想：「我雖是萬邦之主，可是那三宮六院妃嬪中，哪一個有她漂亮！」心中悶悶不樂起來。

臨走的時候，紂王一時心血來潮，叫侍駕官拿筆來，很不恭敬地在粉壁上，作了一首愛慕女媧娘娘美色的詩。商容看見連忙勸止道：「女媧娘娘是上古正神，陛下不可侮辱聖明，恐怕天下百姓知道了會說聖上你不修德政，得罪於上天，還願陛下拿水洗去！」紂王大笑道：「我看她容色絕世，作詩讚美讚美，有什麼不可！」說完得意之至，就帶著群臣離開女媧宮回朝歌皇城去了。

紂王回宮以後，常想起女媧的美貌，就召他兩個寵臣費仲、尤渾二人來商量。費仲當然看出紂王的念頭，就出主意說：「陛下是萬邦之主，有什麼求不到的？明日下令四鎮諸侯，要他們每鎮選出百名美女，送進宮來讓陛下挑選，好不好？」其實紂王的後宮，早有了許多美女。紂王說：「選來選去，我恐怕選不到像女媧娘娘那樣美麗的，倒不如你們兩位，為我暗中查訪！」

每年四鎮諸侯和各小諸侯進京朝貢的時候，都知道要送禮物給費仲、尤渾二人，免得二人在君王面前說自己的壞話，招災惹禍。偏偏有一位比四鎮小一點的諸侯，冀州侯蘇護，個性烈如火，看不慣這種事情，從來不送二人禮物，所以二人靈機一動，忙對紂王說：「聽說冀州侯蘇護有個女兒，長得非常漂亮，選一人之女，又不必驚擾百姓，陛下覺得如何？」紂王一聽，非常中意，馬上傳下命令，要冀州侯蘇護將女兒即刻送來京城朝歌。

蘇護接到這道命令，心中非常生氣。覺得紂王後宮有那麼多名美女了，還要他的女兒，簡直荒淫無恥。就與兒子蘇全忠商量，蘇全忠覺得既然紂王做得不對，就不要聽紂王的命令。

蘇護違抗命令的消息傳來朝歌以後，紂王大為光火，馬上要派兵去抓蘇護，尤渾在一旁說：「這點小事，陛下不必煩惱，冀州是北方崇侯虎的屬地，命令崇侯虎就地征伐就是了！」北伯侯崇侯虎是四鎮中最得紂王寵信的，對紂王也最忠心。紂王就用了尤渾的意見，連忙傳下命令，要崇侯虎去征討蘇護，將他的女兒押送到朝廷來。

蘇護手下有個會打仗的兒子蘇全忠，和一個會道術的大將鄭倫，崇侯虎起先當然打不過他們。後來崇侯虎連絡了在曹州的弟弟崇黑虎，黑虎有一個奇異的葫蘆，只要將葫蘆蓋揭去，葫蘆裡面就會冒出一道黑煙，化散開去好似網羅一樣，煙中全是鐵嘴神鷹，張開口，劈面咬人，非常厲害。他帶著葫蘆來幫助哥哥崇侯虎，因此就將蘇全忠打敗。

崇黑虎將蘇全忠押到崇侯虎面前，崇侯虎對蘇全忠大罵：「你趕快叫你父親投降，將你妹妹獻給君王，我就不殺你的頭！」蘇全忠年輕氣盛，哪裡肯認罪，也破口大罵：「當今君王，後宮有千名美女之多，為何還要我妹妹？我妹妹剛滿十六歲，從小嬌生慣養，哪裡懂得服侍君王？你做為北方的鎮主，不規勸君王，反倒幫著他欺壓我們，是何道理！」

崇侯虎一聽大怒：「推出去斬！」崇黑虎連忙說：「哥哥息怒。我不知道蘇將軍是為這件事和我們打起來，依小弟的看法，蘇將軍說得有理，我看，我們還是勸勸君王吧！」崇侯虎對崇黑虎說：「我也不用殺他，明日連他父親一起抓來，將他們全家解送朝歌罷了。」

紂王又傳下命令，要西伯侯姬昌也幫著崇侯虎來打蘇護，姬昌雖然覺得紂王欺壓蘇護不對，但他覺得蘇護為了女兒而引起兵凶戰亂，也很不知輕重。於是，就派了自己的家臣散宜生來說服蘇護，同時也調停崇侯虎與蘇護之間的衝突，勸蘇護犧牲女兒，不要將戰事擴大，遭到滅門之禍。

蘇護看見兒子蘇全忠被崇黑虎捉去了，手下大將鄭倫只能和崇黑虎打個平手，現在西伯侯又派人來勸降，知道如果不要全家死滅，只得犧牲女兒妲己了。他心裡非常委曲，但也只好接受西伯侯的調停。

崇黑虎就對哥哥崇侯虎說：「你還是放了蘇全忠回去吧，他父親一旦送女兒進京，說不定會得到紂王的歡心，我們不要結這個怨吧。」崇侯虎說：「當然，他當初不違抗命令早就沒事了，如今落得這種下場，豈不是自找侮辱！」崇黑虎說：「當今王上憑著勢力，對屬下如此強求，也沒有什麼道理。我倒認為是王上荒淫無道！」崇侯虎說：「王上是萬邦之主，區區一個小女子，算什麼！」崇黑虎聽了，也就不再跟哥哥多說，親自送蘇全忠回蘇護的營裡，就回曹州去了。

蘇護忍著屈辱，將女兒親自護送到朝歌請罪，紂王本來要將他殺頭，一看見他的女兒妲己，比女媧娘娘還要年輕漂亮，不但饒恕了他的罪，而且對蘇護加官進爵，連費仲、尤渾二人從此也不敢得罪他了。

紂王自從得到了妲己，對國政更加厭煩，每日只喜歡在後宮與妲己歡樂，不再登殿上朝了。大臣們都在紛紛議論紂王的不是，其中有位大臣，名叫杜元銑（ㄒㄧㄢˇ xiǎn），自認為是國家老臣，勸誡紂王是應盡的責任，就寫了奏章，送進後宮。紂王看完後勃然發怒，竟然傳下命令，要殺杜元銑，宰相商容連忙進後宮來勸止紂王，但怎麼勸也沒有用，杜元銑還是被砍了腦袋。

另外一個大臣梅伯，聽老臣杜元銑竟落得如此下場，心裡非常氣憤，也就拚著性命闖進後宮，當著紂王的面指責紂王。紂王當然大怒道：「梅伯，你做臣子，怎麼可以擅自侮辱國君！左右！拿下去用金瓜打死！」宰相商容又連忙進來替梅伯請罪，紂王才說：「看宰相的面子，饒你一死，先將你關起來再做道理。」兩旁的武士就將梅伯拉出去關了起來，商容只能搖頭嘆息地走出宮外。

紂王很厭煩地對妲己說：「美人，你看這些臣下，一個個好管我的私事，鬧得我耳根不能清靜！」妲己只微微一笑說：「陛下是萬邦之主啊！總想得出辦法，讓他們閉嘴！」紂王想想不錯，就說：「對了，我叫人造幾個巨大的銅柱，裡頭是空的，在裡面燒火，等柱子燒紅了以後，讓那些利口侮君的臣下們，一個個炮烙（ㄆㄠˋ ㄌㄠˋ pào lào）燒死，看他們還住不住嘴！」妲己嫵然一笑說：「陛下真是足智多謀！」

一個月以後，紂王故意上朝，在朝廷上陳列了十根大銅柱，當著群臣的面，試用一柱，先將柱子燒紅，叫人帶梅伯上來，脫下他的衣服，將他綁在銅柱上，然後燒紅銅柱，梅伯慘叫一聲就全身燒焦而死。

群臣個個嚇得目瞪口呆，宰相商容看見紂王如此殘暴，覺得做官正直是很危險的事情，就準備第二天向紂王辭官回鄉。第二天紂王看見商容的辭呈，也沒有挽留，他想商容是三朝老臣，年紀也大了，要走，就讓他走吧。一時辭官歸里的臣子很多，大部分都沒有被批准，即使不准，大家也不敢違抗，只好留下來膽戰心驚地活下去。

紂王為了和妲己過極端享受的生活，不但造酒池、肉林，還造了一所瓊樓玉宇：瑪瑙砌成的門窗，明珠妝成的欄杆，夜現光華，瑞彩照耀，那便是歷史上有名的「鹿臺」。他跟妲己夏天在這裡避暑，冬天在這裡賞雪。他們要過這種極端享受的生活，當然要搜括民間的財物，所以不得不向四鎮施加壓力，要他們進貢更多的東西，因此，越來越惹起天下老百姓的怨恨。

紂王和妲己除了奢侈浪費以外，還做出一件又一件傷天害理的事情。妲己進宮先封為美人，為了想當皇后，就設計陷害了中宮姜皇后，紂王完全被妲己蒙在鼓裡，不但殺害了妻子，連自己的兩個兒子也被趕出宮廷。姜皇后是東伯侯姜桓楚的女兒，紂王怕東伯侯連絡四鎮造反，又用了費仲的計謀，密召四鎮進京，藉故殺了東伯侯與南伯侯，西伯侯姬昌被關在羑里，只有北伯侯與費仲交好獲免。

紂王認為天下的勢力還是控制在他手中，所以他仍然日日高枕無憂。亞相比干是紂王的叔叔，看不下去他的無道，就來勸誡紂王，由於他很怨恨妲己迷惑紂王，氣憤中得罪了妲己，竟被妲己害得挖心而死。比干的慘死，使得朝中很多賢臣逃離朝歌。幸虧這時候，聞太師從北邊凱旋回國，紂王對他的話還不敢不聽，才暫時將快要崩倒的朝廷穩住。

不久，鎮國武成王黃飛虎的妻子賈氏又被妲己害死，黃飛虎在極端地氣憤下，帶著兄弟、兒子、家將，殺出朝歌，奔西岐（ㄑㄧˊ qí，西岐在今陝西省岐山一帶）而去，使得紂王朝廷的兩大支柱倒去了一支。聞太師面對這種情況真是又氣又急，逼著紂王改革朝政，聞太師提出改革朝政七件事情，紂王只答應了五件，另外兩件是拆鹿臺和處死費仲、尤渾二人，紂王仍然不肯答應。

在亞相比干未死，聞太師未班師回國之前，西伯侯姬昌因為七年的牢獄期滿，他的家臣散宜生派人送了尤渾、費仲二人許多禮物，所以期滿出獄後就順利逃回西岐。西伯侯一回到西岐，就到處找尋賢臣，培植自己的勢力，後來找到隱居的姜子牙，馬上拜他做宰相，共商天下大事。姬昌和姜子牙都已經看出紂王的昏庸無道，知道時機成熟，就可以伐商取天下。

姜子牙訂好伐商的計劃，第一先是攻打崇侯虎，然後連絡東伯侯的兒子姜文煥，再一起會師攻打商紂王，不怕商紂王不垮臺。在亞相比干被害後，姜子牙就先攻崇侯虎，又說服了崇黑虎來反對崇侯虎，果然崇侯虎被他打敗了。這時姬昌因為年紀老了而生病去世，姜子牙就繼續輔佐姬昌第二個兒子姬發，叫姬發自立為周武王，向商紂王舉起反旗。

這時剛好黃飛虎的夫人賈氏被妲己害死，黃飛虎帶著家人投奔西岐，為周武王增強了勢力。聞太師眼看商朝的局勢如再惡化下去，將不可收拾，於是就全力計劃先攻打姜子牙，此時東伯侯也早舉起反旗，南伯侯的兒子鄂順也與周武王暗中連絡，騷擾商的邊界，天下已是洶洶大亂的樣子了。

紂王並沒有在這種國勢危急的情形下清醒，一心只倚賴聞太師出兵攻打西岐，以為姜子牙一定打不過聞太師。

在這年冬天，大雪紛紛，紂王和妲己正在鹿臺上賞雪，朝歌城真是一片銀色世界。一時雪停了，太陽露了出來，紂王同妲己憑欄觀望，遠遠看見有人在過河，原來鹿臺下不遠處可以看見有一條小河，這條小河是雪水注積而成。

有一個老人，光了腳渡水，一點都不怕冷，而且步行快速，後來又有一位少年人也光著腳渡水，又怕冷又走得慢。紂王說：「奇怪，奇怪，老年人渡水不怕冷，少年人反而又怕冷又走得慢，這不是違反自然嗎？」

妲己淡然一笑說：「也沒什麼，老年人不怕冷，他一定是父母精血旺盛的時候生的，所以他的骨髓充實，當然不怕冷。那個少年怕冷，大概是父母年老時生的，骨髓不太充實，所以如此。」紂王一聽很高興，便說：「最好將這兩個人都抓來證明一番。」妲己笑笑。紂王立刻傳下命令，叫左右將老的、少的都抓來，腿俱砍斷，拿上臺來，果然老人的骨髓比較充滿。

紂王滿口稱讚妲己聰明，妲己滿不在意地又說：「這算什麼，我可以從孕婦的肚子外形，看出肚內是男、是女！」紂王驚奇極了，立刻又傳下命令，要左右到民間去抓幾個孕婦來，好剖腹驗證。

大臣們聽見紂王如此將人民的生命視同兒戲，都氣得義憤填膺，但是自從亞相比干慘死之後，沒有人再願意說什麼話了。

箕子同紂王的皇伯和皇兄微子與微子啟，三人再也忍不住了，都連忙到鹿臺勸諫紂王，紂王仍然發怒不聽，根本不肯收回剖腹驗孕的命令。三人傷心地離開鹿臺以後，互相商議，決定離開朝歌，因為紂王這樣子下去，商朝一定會敗亡。微子與微子啟偷偷將商朝太廟中三十代的祖先神主，一齊帶著離開，準備到鄉下去過隱居生活。

忠心的聞太師與姜子牙打了五、六場惡仗以後，不幸在絕龍嶺身亡，他的靈魂便借著風飄到紂王和妲己飲酒的鹿臺上來，聞太師老淚縱橫地對紂王說：「老臣已死，望陛下不要再日日歡樂，現在姜子牙同周武王就要打進朝歌來了，陛下再不振作，可就來不及了！老臣滿懷深情，不能再為陛下效勞了。」說完就不見了。

紂王嚇得滿身冷汗，妲己在一旁說：「你心裡想他，他才會出現，都是你心裡作祟，聞太師從來都是打勝仗的，這一回怎麼會打敗？趕快派人去打聽消息。」

紂王連忙派人去打聽，果然聞太師戰敗身亡，紂王心裡非常傷痛，想振作起來嘛！又感到欲振乏力，竟更逃避到妲己和酒的生活裡去，朝廷事情都交給費仲、尤渾二人去辦，甚至連壞的消息也不要再聽了。

在這種天怒人怨的情況下，姜子牙帶領的周朝軍隊，終於打到朝歌。朝歌的老百姓，因為怨恨紂王的無道，竟打開城門歡迎姜子牙的軍隊，所以姜子牙的軍隊很快就逼近皇城下面了。

這天，紂王和妲己等人又在鹿臺飲宴，忽然聽到一片喊殺聲，紂王叫左右去看看是什麼事情，老半天沒有消息來回報，這下妲己和紂王都慌了，兩人連忙到宮裡，宮中早已混亂一片，宮人們都忙著逃離，也不管紂王同妲己的叫喚。

紂王想找費仲、尤渾二人，哪裡找得到他們的影子，接著就聽見外邊的喊聲：「請無道昏君出來說話！」、「請無道昏君出來說話！」紂王聽了，登上皇城一看，城下姜子牙的軍隊非常整齊地排列著，叫喊著。

紂王心一發狠，就披上甲冑，騎上馬，拿了一把金刀，衝出城門，提刀就向姜子牙陣前殺去，東伯侯姜桓楚的兒子姜文煥立刻跑來刺殺紂王，並對紂王大叫：「還我父親的命來！」又有南伯侯鄂崇禹的兒子鄂順也衝過來殺紂王，也對著紂王大叫：「還我父親的命來！」紂王一人力戰二將，非常勇猛，不久，許多含恨紂王的，都一齊上前，將紂王圍在核心大戰著。後來姜文煥一鞭打傷紂王後背，紂王負傷且戰且逃，逃進皇城內，姜子牙立刻鳴金收兵，怕紂王在皇城裡設有埋伏，會中計吃虧。

紂王回宮，想找軍隊來和姜子牙大戰一場，哪裡還有一兵一卒？進到宮內，連妲己也找不到了，心中想：「我跟她的一番恩愛，竟是這樣的下場！」不覺心頭一陣酸楚。

皇城外面的喊聲越來越大，紂王就往摘星樓奔去，在路上遇到一位宮人朱昇，紂王連忙叫住他：「朱昇，你去拿些柴薪，堆積在摘星樓下，放一把火吧！」朱昇看見平日萬邦之主的紂王，今天竟落到這種悽涼的下場，心裡非常難過，就跪下哭道：「奴婢侍候陛下多年，不敢舉火焚君！」紂王大怒說：「這是天亡我，不干你的罪，你不聽我的命令，反有忤逆之罪！」

朱昇一面哭一面去找了一些柴薪，堆積在摘星樓下，紂王連忙把衣冠整好，還頭戴金冠，手執碧珮，端坐樓上。朱昇將柴薪堆滿之後，揮淚下拜，點著了火，也跟著跳入火中，與紂王一起燒死。

費仲、尤渾二人，在逃出宮外的時候，偷偷地帶了商朝的國寶逃走，準備獻給周武王，希望能免一死。姜子牙和周武王接受了他們的國寶後，仍然叫軍士們砍了他們的頭，並且公告天下，惡人必有惡人的下場！但是紂王到臨死的時候，還不知道費仲、尤渾二人會如此出賣他，平日他們哄著他，也不過是狐假虎威，利用他罷了！

【註釋】

①成湯：商朝正式建國的第一個君王。
②夏桀：夏朝最後一個亡國君王。
③太師：君王之下，三公中官位最尊貴的人。在正史上，商紂王是封給箕子的，在《封神傳》中，小說家造了一個聞太師的人物。
④朝歌：今河南省淇縣。
⑤鎮國武成王：夏、商、周三代，以公、侯、伯等官位給有功朝廷的武將，漢以後就以王的名號封給有功的將領。《封神傳》寫定的作者是明朝人，寫小說常不遵守三代的官制，比較隨意。
⑥亞相：副宰相的意思。

第二章
復仇美人蘇妲己

第二章　復仇美人蘇妲己

女媧娘娘在生日那天，去天上火雲宮接受伏羲、炎帝、軒轅三聖的賀宴。晚上回到自己的寶殿上，抬頭看見粉壁上紂王調戲的詩句，不禁勃然大怒：「商紂越來越不像話了，不修身立德來保天下，反而荒淫無恥！看他這個樣子，必定是個亡國之君！我要他速速亡國！」就叫彩雲童兒，把後殿中金葫蘆取來，放在殿前石階上，揭去葫蘆蓋，用手一指，葫蘆中有一道白光出現，白光之上，懸出一面旛來，光分五彩，瑞映千條，名叫「招妖旛」。一時，悲風颯颯，天下群妖都趕到行宮來。

娘娘對彩雲說：「叫各處的妖魔離開，只留下軒轅墳中的三妖，等候命令。」三妖進宮拜跪，這三妖，一個是千年狐狸精，一個是九頭雉雞精，一個是玉石琵琶精。娘娘吩咐她們說：「商紂王荒淫無恥！我要你們隱去妖形，變成美女，進入他後宮，鬧得他家破人亡、民心混亂，給他點顏色瞧瞧！事成之後，我讓你們修成正果。」三妖叩頭謝恩，化作清風離去。

蘇護自從被崇黑虎打敗，西伯侯姬昌又寫信勸他忍辱，他逼不得已，決定犧牲自己的女兒妲己。蘇護進入房裡對夫人楊氏說了，全家痛哭。夫人含淚說：「妲己生來嬌柔，恐怕不會侍候君王！如果惹下了禍，也會滿門抄斬。」

妲己在一旁聽了，害怕得痛哭，非常不願意進宮，可是看見父親戰敗，沒有別的辦法，便將心一狠，向父母跪下：「爸爸、媽媽，女兒願意進宮，救父親一命。」從此妲己心中開始懷恨紂王，決定進宮復仇。

第二天，妲己拜別母親、哥哥，含淚隨父親上車。蘇護帶領家將，一路護送妲己進京。天色漸漸晚了，他們到達恩州驛站。驛站官員出來接見，大家就安置在驛站的廳堂內室。驛站官員告訴蘇護說：「老爺，聽說這裡常常有妖精出現。」蘇護不信說：「人間哪有什麼妖精！」但是，他還是派了三千人馬在驛站外面守護。

那天深夜一點鐘的時候，蘇護將一根豹尾鞭放在床頭，準備熄燈睡覺。忽然有一陣怪風吹得人毛骨聳然，又聽到後堂內室裡有喊聲，蘇護急忙提鞭搶進後室，左手拿著燈，右手提著豹尾鞭，後室女侍出來看見蘇護，連忙跪下：「老爺，小姐不好！」蘇護急問：「什麼事？」女侍說：「小姐鬧頭痛鬧得厲害！」

蘇護一邊走一邊疑惑，心想：「她從來沒鬧過頭痛啊！」急忙趕到妲己床前，問道：「女兒，怎麼頭痛了？是不是剛才嚇著了。」妲己抱著頭嬌弱地回答：「爸爸，我剛才睡得好好的，突然聽見女侍喊：妖精來了。頭就痛起來，好難過！」蘇護又問：「你看見妖精了嗎？」妲己搖搖頭，滿臉是汗。蘇護問女侍：「給小姐服藥了沒有！」女侍跪著說：「老爺，已經服過了。」蘇護安慰妲己道：「女兒，別怕，爸爸在此守護你。」漸漸，妲己的頭痛減去，安睡了下來。蘇護哪裡知道，妲己頭痛，是因為千年狐狸精已經附在她腦後，從此在妲己的腦中暗中指揮她，做出許多壞事。

蘇護送女兒進了京城，消息傳到紂王面前，紂王高興得不得了，立刻宣旨，要妲己朝見。這一次蘇護仍然沒有送費仲、尤渾二人禮物，二人就在紂王面前撥弄蘇護的叛亂，紂王說：「等見了妲己再說，要是妲己令我滿意，就赦免蘇護的罪，要是妲己不令我滿意，就砍他的頭！」

妲己被女侍們護送著，進了皇門，過九龍橋，到達了紂王殿前。妲己上殿，有一點兒害怕，連忙進禮下拜，口中喊道：「萬歲。」紂王定睛觀看，見妲己真是國色天香，嬌怯溫柔，一雙鳳眼活潑澄澈，馬上通體舒暢，心情愉快，連忙站起來說：「美人平身。」叫左右宮妃：「快接蘇娘娘進壽仙宮。」又吩咐費仲、尤渾二人道：「赦蘇護滿門無罪，加官加俸，是商朝的新增國戚，在顯慶殿大宴三日！」

文武百官看見紂王如此愛色，心頭都很不高興。蘇護的罪雖被赦免，心中並不覺得什麼光彩，反倒覺得自己女兒委曲；但是心中再苦，絕不能表露出來，只好裝著笑臉陪宴，紂王高興時，也假裝著高興。

妲己進了壽仙宮，完全聽由宮妃的指導妝扮。剛才她偷偷地瞄了紂王一眼，覺得他相貌魁梧，滿臉落腮鬍，真有萬邦之主的威嚴，只是眼露凶光，有一點令人害怕。到了這種地步，她知道必須先討紂王的歡心，以後再利用自己的美貌，觀察出紂王的弱點，才能一步步對他報仇。

紂王當夜就跟妲己成親，妲己完全依順紂王，讓紂王滿意得不得了。從此紂王日日守在妲己身旁，對國政更懶得關心，許多大臣接二連三地上書勸諫，紂王也毫不理會。妲己看出紂王有剛愎自用的弱點，正是一個萬邦之主最容易犯的毛病，她不必替紂王出什麼主意，只消推波助瀾，強調幾句話就可使紂王做出很多不利於他自己的事情。

這天杜元銑和梅伯兩大臣，先後上書勸諫紂王，不要日日跟美人遊玩，應當關心國家大事。這本來是君王應當節制的事情，妲己原可規勸紂王一兩句，使紂王不致越來越糊塗，可是妲己心裡懷恨紂王。雖然紂王極端寵愛她，她卻並不喜歡紂王，她從進宮到被紂王寵愛，全是被迫的，她從小就過很好的生活，宮廷的奢侈生活也不曾讓她動心，反而使她覺得苦悶，許多大臣都在辱罵她，把紂王的罪行加在她身上，她也覺得太不公平。所以，紂王向她表示討厭聽大臣的勸誡的時候，她就推波助瀾地說：「陛下是萬邦之主啊，總想得出辦法來呀！」結果紂王想出以燒紅的銅柱來炮烙大臣的殘酷刑法來，以堵住大臣們的多嘴。

起初妲己看見梅伯炮烙燒死，覺得可怕極了，但是，慢慢地，她也感到一種痛快，做萬邦之主的痛快，看誰不順眼就要誰死！她想最好讓紂王發瘋，將他朝中的忠臣一一殺死，紂王也就跟著完了，她的復仇就成功了。

炮烙了梅伯以後，紂王回宮，跟妲己在壽仙宮聽歌觀舞，一直鬧到深夜兩點鐘，還在作樂。中宮的姜皇后看見這種情形，心裡很不舒服，便兩邊排列宮人，坐著轎子到壽仙宮來。

宮人向紂王報告：「姜娘娘在宮門聽候命令。」紂王已經醉眼瞇斜，對妲己說：「美人，你應當去接梓童。」妲己連忙出宮迎接姜皇后，妲己跪下行禮，皇后賜她平身，妲己引姜皇后至殿前。

紂王說：「左右安排座位，請梓童坐。」姜皇后謝恩坐在紂王右邊，妲己站在旁邊侍奉。紂王向皇后敬酒說：「妳今天來壽仙宮，我很開心。」對妲己說：「蘇美人請歌舞一番，給皇后玩賞。」妲己立刻輕歌曼舞起來，滿座叫好，只有姜皇后連正眼也不看，只眼看著鼻子不作聲。

紂王看見姜皇后如此，就笑著說：「御妻，蘇美人的歌舞，是天上少有，人間奇觀，妳為何不看？」姜皇后就起身出來跪著說：「妾聽說，國家的寶貝是忠臣良將，家庭的寶貝是孝子賢孫。陛下不該天天聽歌看舞，放縱自己的慾望，殘殺忠良，驅走正士。願陛下回頭關心國政，保家愛民，妾是一下賤女流，不敢冒犯天威，膽敢請陛下垂鑒！」

姜皇后的一番話，掃了紂王和妲己的玩興，兩人心裡很不痛快。但是紂王想，妻子規勸丈夫也沒什麼錯，就悶悶地說：「梓童，妳說的我都知道了。夜深了，妳回宮睡覺去吧！」姜皇后辭謝了紂王，就上轎子回宮去了。

這時已經深夜三點多鐘了，紂王酒興其實正濃，就對妲己說：「你再跳個舞，讓我解解悶！」妲己突然跪下說：「妾從今不敢再唱歌跳舞了。」紂王說：「怎麼了？」妲己哭著說：「皇后剛才是在責備妾身，歌舞是傾家喪國之物，皇后所說的很對。妾被陛下寵愛，不願意引誘陛下不行仁政，不然，妾身就罪大惡極了。」

紂王聽了很不痛快，就說：「罷了，罷了，今天的興趣全部被皇后掃光了！美人，不要責備自己，這不干美人的事。明天我跟梓童說，要她少管我們的事，別擔心。」

從此妲己在宮內跟姜皇后互相敵對起來，其他的嬪妃宮人大多數都偏向皇后，更使妲己痛恨。紂王雖然日日跟妲己在一起，但照她在宮中的地位，仍然要向姜皇后下跪，心裡就越來越不甘願。

妲己日夜左思右想，終於決定找費仲來設計陷害姜皇后。費仲心裡很矛盾，姜皇后的父親是東伯侯姜桓楚，哥哥姜文煥勇敢善戰，若是做得不好，自然災禍不小。可是妲己如今正是君王最寵愛的美人，這件事情，若是辦不好，只消幾句枕邊細語，自己也就完蛋了。費仲天天為此坐立不安，如芒刺背。

一天他正在自己家裡走來走去，忽然看見一個人，身長膀闊走過，他不覺地問道：「你是誰？」那人連忙叩頭道：「小的是姜環。」費仲又問：「你在我家裡多久了？」姜環說：「小的離開東魯，來老爺家裡五年了。」費仲忽然計上心來，便說：「起來吧，我有事用你。你肯用心去做，富貴不小。」姜環回道：「隨老爺吩咐，萬死不辭！」費仲便與姜環把計策商量好，然後秘密寫封信給妲己，妲己讀完了信，非常高興。

當天晚上，妲己就勸紂王：「陛下好幾個月都沒有登殿臨朝了，明日也該去朝中走走，看看有事沒事？沒事再回宮休息。」紂王點頭道：「美人真是賢慧，明日我就去金殿看看。」

第二天，紂王排駕上朝，走到分宮樓門旁，突然竄出一條大漢，手執寶劍，向紂王刺來。立即被眾衛士捉住，送到紂王面前，那人就破口大罵：「無道昏君，我奉主母之命來刺殺昏君，讓成湯天下不喪失給別人！」紂王非常驚怒，就升殿宣武成王黃飛虎、亞相比干追問此事。費仲忽然從群臣中站出來，跪下說：「臣雖不才，臣願負責追問此事，替陛下查出奸細！」紂王就叫費仲立刻追問。

費仲問完了，再進殿來拜見紂王。紂王說：「奸細是誰？」費仲跪道：「臣不敢說。」紂王說：「為何？」費仲說：「赦臣罪，臣方敢明說。」紂王說：「赦你無罪。」費仲說：「刺客姓姜名環，是東伯侯姜桓楚家將，奉中宮姜皇后的密令，行刺陛下，欲侵奪王位，使姜桓楚為君王。」

紂王聽罷大怒：「姜皇后是我的元配夫人，竟敢謀逆！叫西宮黃貴妃追問明白。」大臣們都紛紛議論，黃飛虎、比干皆來勸說紂王，認為姜皇后一向賢慧，不可能做出這種事。

黃妃跟姜皇后一向相處得很好，覺得其中必有冤屈，連忙跑去告訴姜皇后，要她趕快想辦法。然後到紂王面前說：「妾已經問過皇后，皇后侍奉陛下多年，而且生了殿下，已經正位東宮，陛下萬歲後，她即成為太后，她何苦做出這種滅族的事情來？況且皇后一向仁慈，待人厚道，不會做出這種事情，此事必有其他隱情！」紂王聽罷，也覺得很有道理，就叫費仲再問姜環，追查其他的隱情。

紂王回到壽仙宮，跟妲己說了這件事，妲己只微微冷笑。紂王說：「美人，你笑什麼？」妲己說：「姜環既然是皇后父親手下人，皇后怎麼可能輕易認罪？三宮后妃如此多人，姜環為何不拉扯別人？」紂王說：「美人說得有道理，但是，如何使皇后認罪？」妲己淡淡一笑：「陛下是萬邦之主啊，難道想不出辦法？用重刑嚇嚇她，說不定就招了。」

紂王馬上又下令黃妃，用刑逼姜后招供，黃妃嚇得滿頭大汗，跑去告訴姜后：「我的皇娘，妲己是你百世冤家！陛下如今全聽她的話，可怎麼辦啊！」姜后哭得淚如雨下：「我就是死，也不能冒認！」說完就撞壁昏厥。

黃妃跑來告訴紂王，紂王正不知如何是好，妲己一旁說道：「叫姜環跟皇后對質，皇后再不認罪，不妨用炮烙大刑！」黃妃一旁聽說，恨妲己恨得牙癢癢，心中卻想：「也好，我對姜環也來用刑，說不定他會招出其他隱情。」就領命而去。

這時，東宮太子殷郊、二殿下殷洪，弟兄倆正在東宮下棋。太子殷郊才十四歲，殷洪十二歲。忽然聽到宮人說，母親已撞壁昏厥，有人誣陷母親謀刺父親，嚇得同聲叫苦，連忙跑到母親宮裡，見母親滿頭是血，正在破口大罵跪在前面的姜環。姜后看見兩個兒子前來，大聲叫道：「我兒，這姜環謀刺你父王，反把罪名向我身上推來，妲己又在一旁說我的壞話，苦死我呀！」說罷，竟然嗚咽氣絕。

太子看見西宮門上掛上了一把寶劍，氣極敗壞地取下寶劍，把姜環一劍砍為兩段！黃妃一時阻擋不住，大驚失色說：「你們兩個小冤家啊！把姜環砍了，你們母親的罪就洗不清了！」太子又叫：「我先去殺妲己以報母仇！」轉身就往壽仙宮跑去，黃妃連忙擋住：「皇兒快回來！你們這樣持劍出宮，只怕陛下知道，連你們兩人也怪罪下來啊！你們把姜環殺了，實際是便宜了妲己。」其實妲己已因為狐狸精附在腦後，已懂得運用妖術，使姜環絕對一口咬定姜皇后的。

事到如今，黃妃只得到紂王面前把事情照實報告了。紂王一聽大怒：「可見是梓童謀殺的，左右，去捉拿兩個逆子來！」兩個侍衛只好到東宮捉拿太子和殿下。

黃妃連忙回宮，叫二人快逃。二人逃出宮門時，正好遇到武成王黃飛虎，看見他們二人慌忙錯亂，戰戰兢兢，問道：「你們為何這樣慌張？」二人趕緊跪下道：「黃將軍救我兄弟性命！」黃飛虎一看情形不對，事情大略知道了八、九分，就暗示方弼、方相兩位將軍，帶二人逃出朝歌，投奔東魯而去。

紂王和妲己在宮中等捉拿太子的消息，等了半天，才知道他們二人已經逃出朝歌。妲己冷笑道：「只怕他們二人，投了姜桓楚去，不久大兵即至，禍事不小！」紂王怒道：「哼！命殷破敗，雷開二將帶領三千飛騎，星夜拿來！」紂王立即傳旨到黃飛虎府中，要他立即派二將星夜捉拿太子、皇子二人，黃飛虎只好表面敷衍敷衍。

黃妃在西宮，含淚收拾姜皇后屍身，前來向紂王請求道：「皇后已死，望陛下念皇后元配生子的感情，賜好的棺材，停在白虎殿，不失宮中體統。」紂王想想道：「准行。」

費仲在外聽得姜皇后、姜環皆死，心裡舒了一口大氣，趕來壽仙宮要晉見紂王。妲己一旁笑道：「陛下可和費仲商量太子二人投奔姜桓楚的事情。」紂王點頭道：「正合我的意思。」

費仲進宮，先向妲己示意，妲己微笑不答。費仲向紂王道：「現在姜皇后已經死去，殿下又逃，朝中大臣都在議論抱怨，如果太子沒有捉到，一定發生禍亂。陛下不如暗傳四道聖旨，宣四鎮諸侯，立刻進京，設計定他們的罪，斬草除根，使四鎮及八百諸侯，蛟龍失首，猛虎無牙，天下可保安寧。」紂王點頭，即刻照計劃實行。

後來，太子二人中途被道人救走，四鎮諸侯果然中計進京，東伯侯姜桓楚、南伯侯鄂崇禹皆被斬首碎屍，西伯侯姬昌被囚禁羑里，只有北伯侯崇侯虎因跟費仲、尤渾二人交好，被赦免無罪。

姜皇后死後，妲己做了皇后，氣焰越來越盛，心術也越變越壞，原本向紂王復仇的心思，更轉成唯我獨尊，不可一世地狠毒。宮人們表面服從她，暗地裡對她都很怨恨，妲己為了維持自己的威勢，就在酒池、肉林兩旁，各挖一深池，裡面蓄養著數千條毒蠍，叫做「蠆（ㄔㄞˋ chài）盆」，只要知道宮中有誰怨恨她的，她就叫人把她們推下「蠆盆」，妲己變得跟紂王一樣殘酷了。另方面妲己已有千年狐狸精附在腦後，常常用妖術召九頭雉雞精和玉石琵琶精來變作美女，互稱姊妹，滿足紂王尋歡作樂的慾望，好永遠控制紂王。

聞太師在外征伐，尚未回京城，老宰相商容又辭歸鄉里，朝中只有亞相比干、武成王黃飛虎，紂王還有點忌憚，妲己在他們面前也不敢放肆。

有一天，妲己帶著九頭雉雞精、玉石琵琶精等兩姊妹，正和紂王在鹿臺飲酒歡樂，亞相比干在鹿臺下等著朝見紂王，紂王立刻宣他上臺來，比干看見鹿臺造得如此奢華，老百姓一定非常怨恨，心裡就很憂悶。

紂王賜比干一旁坐下，對比干說：「皇叔前來，有何指教？」比干憂慮地說：「聽說姜子牙做了西伯侯姬昌的宰相，看樣子，他們野心不小，將來對我們非常不利！」

紂王不以為意道：「姜子牙也做過我朝廷裡的小官，沒什麼嘛！」比干道：「陛下不可輕敵，西伯侯姬昌現在處西岐一帶，到處施行仁政，陛下必須留意！」紂王舉酒笑道：「皇叔，有我在，不須憂慮，喝杯酒，寬寬心！」妲己也舉酒附和道：「我們姊妹三人也向皇叔敬酒！」

自從姜皇后死後，比干就討厭妲己，平日礙著紂王的面子不好發作，今日忽然忍耐不住了，大怒道：「就是你們三個妖精，在迷惑陛下，害得朝綱不振！」說完，拂袖下臺。弄得妲己臉上紅一陣、白一陣，紂王倒是不以為意，笑笑對三人道：「皇叔一向就是這種又臭又硬的脾氣，別理會他，我們喝酒吧！」

妲己認為自己現在是皇后，已不是剛進京的蘇美人了，比干對她的斥罵，更是不能忍受。當天晚上睡下，就頭痛發作，整整鬧了一個晚上。

到了第二天早上，眼看著就要氣絕，把紂王急得半死。一個晚上已經傳遍了所有的御醫，大家都束手無策，準備被殺頭，紂王更是暴跳如雷。突然妲己杏眼半睜，喃喃自語：「想吃玲瓏心一片……」沒有人知道什麼叫做玲瓏心，整個皇宮吵吵鬧鬧，兩位妖精姊妹在一旁故意說：「玲瓏心就是比干的心。」紂王毫不思索地傳旨下去，要比干挖心獻上。

比干氣得走到紂王面前說：「我只有忠心，有什麼玲瓏心！」紂王請求道：「救娘娘要緊。」比干氣得大罵：「昏君！昏君！真是昏君！」紂王惱羞成怒說：「左右，拖下去，挖心上來給娘娘治病。」可憐比干就這樣被挖心而死。

紂王寵愛妲己，現在已經到了瘋狂的地步。過年的時候，武成王黃飛虎的妻子到宮中探望黃妃，黃妃是黃飛虎的妹妹，姑嫂二人議論妲己的不是，被妲己知道，就害死了她倆，逼得黃飛虎逃出朝歌，投奔西伯侯姬昌去了。

此時東伯侯的兒子姜文煥已經舉兵叛變，西伯侯兒子姬發在姬昌去世後，姜子牙輔助他自立武王，建國號周，不聽紂王的號令了，使得剛回京城的聞太師，還來不及監督紂王整頓好朝綱，又必須先去攻打西岐。

商朝的軍隊雖然眾多，但軍心已經混亂，在外作戰的軍隊一次一次被打敗，可是紂王和妲己在宮中，還是醉生夢死地過著奢侈的生活。蘇護和妲己的母親，聽到了自己女兒做出許多壞事，都非常吃驚。母親楊夫人，也曾進宮來勸誡女兒，妲己竟對母親說：「女兒已經爬上了高枝，想做什麼就做什麼，有什麼不可以！」

最後紂王戰敗，奔向摘星樓去自殺，妲己和兩位妖精姊妹，早就一同逃出皇城。三妖在路上逃亡的時候，突然看見前面黃旗招展，女媧娘娘乘著青鳥駕到。三妖連忙跪在地上叩頭：「娘娘救命！娘娘吩咐我們的事情，我們已經做到了，請娘娘履行諾言。」

女媧道：「你們事情是做成功了，可是造惡造得太多，違背了上天好生的仁德，你們不但不能修成正果，還要接受我的懲罰！」三妖哭泣說：「我們不造惡，紂王如何會發瘋，斷送他自己的天下？娘娘不能說話不算話！」

女媧道：「好吧，你們三位先現出原形，跟我回去修煉三年，才能成正果！」三妖叩頭謝道：「謝娘娘恩典。」千年狐狸精，便化成一道黑煙，從妲己腦後冒出，現出原形，妲己這才如夢初醒，原來自己會妖術，是這個道理。女媧對妲己說：「你是屬於人間的，由人來處置你。」就帶著三妖，化作清風而去。

妲己立即被姜子牙手下大將楊戩捉到，押到姜子牙帳前。妲己覺得自己很委曲，便說：「我是蘇護的女兒，我是被紂王強迫送到宮廷裡去的，請看在我爸爸的面上，饒我一命。」姜子牙怒道：「你到紂王的宮廷裡，不但不做好事，反而幫紂王做了很多壞事，你爸爸不會替你說話的。」妲己哭道：「我不幫紂王做壞事，紂王如何會丟掉江山，我對你們也是有功勞的！」

當時諸將看見妲己花容月貌，楚楚可憐，都替她說話，連行刑的軍士也都舉不起刀來。姜子牙看見這種情形，更勃然大怒：「妖魅！不能留你在世，惑弄眾生！」就取出陸壓散人給他的葫蘆，揭去頂蓋，一道白光閃出，將妲己的頭，斬落地上，血濺滿地，大家都很難過。蘇護知道女兒如此下場，和夫人悲傷了很久。

第三章
鑑往知來周文王

第三章　鑑往知來周文王

周文王就是就西伯侯姬昌，他的祖先名棄，很懂得耕田，幾代傳下來的君王，都很勤政愛民。姬昌繼承了侯王以後，把周國發展得更強大。他實行裕民政策，也就是將國家的財富盡量分給人民，使得人人都富裕。到了商紂王時代，他在諸侯中，是最強的一個，商紂王的父親帝乙，還把自己的妹妹嫁給他，並封他為西伯侯。帝乙的妹妹早死，姬昌又另娶了妻子，也納了很多妃妾，據說生了一百個兒子，老大叫做伯邑考，老二叫做姬發。

紂王殺妻捉子以後，得罪了東伯侯。紂王怕他連絡其他三鎮反對他，就用了費仲的計謀，密召四鎮進京，想把他們除去，來削弱他們領導四方的力量。

姬昌接到了紂王的命令，一算卦，知道紂王突然要他進京，一定有事情要發生。但是，如果不去，會惹起紂王的疑心；如果去，又是凶多吉少。他盤算假如現在反商，時機還沒有成熟，就決定進京相機行事。

姬昌臨走的時候，吩咐上大夫㊟散宜生說：「我這次進京，可能會有事情發生，萬一不能很快回來，國家內政交由你負責，帶兵打仗的事交由南宮适（ㄍㄨㄚ guā）、辛甲二位將軍負責。」又吩咐太子伯邑考說：「我這一去，也許會有七年災難，你不要擔心，好好照我的話做事，弟兄和睦，君臣相安，有什麼事要和上大夫商量，不要自作主張。」大家聽姬昌這麼一說，都有點為他擔心，但是姬昌做事一向穩重，所以大家都照他的話行事。

姬昌到了京城朝歌，住在朝廷的館驛中，另外三鎮諸侯已經到了。大家都吩咐左右向紂王通報，明日早朝要朝見。

晚上四鎮諸侯聚在一起喝酒聊天。南伯侯鄂崇禹說：「皇上不知道有什麼大事，要我們來京城商量？聞太師已經回京了，各處又沒什麼戰爭！」

這時候，東伯侯的家將進來，附在姜桓楚的耳朵上說了幾句話，東伯侯臉色大變。大家忙問：「什麼事？什麼事？」東伯侯氣得拍桌子大罵：「我的女兒被妲己害死了，兩個外孫也不知逃到哪裡去了！」北伯侯崇侯虎一看事情不妙，忙對東伯侯說：「我替你去問個清楚！」崇侯虎連忙跑去費仲、尤渾那兒打聽。

姬昌說：「東伯侯，忍耐一點，這件事也許是誤傳。」
東伯侯忿忿地說：「明天見了紂王，可要當面問他個清楚！」
南伯侯鄂崇禹說：「難道說，要我們明日朝拜新皇后！」
東伯侯氣急敗壞地說：「朝見個屁！我倒要向她要一條人命！」
姬昌說：「如果是事實，紂王這件事可做得過分了！」三人都再派家將們去外面打聽，回來個個說消息是真的。
東伯侯痛苦地掉下眼淚說：「我的女兒死得這樣冤枉，明日非向紂王要個公道不可！」
姬昌說：「唉！朝廷怎麼出了這種事！亞相比干也不來見見我們？難道他不知道我們到來？」
南伯侯說：「武成王黃飛虎也沒有來，我們進京，難道是密旨？」三人心裡都有大事不妙的感覺，東伯侯更是悲憤整夜。
崇侯虎一夜沒有回驛館。第二天早朝，三鎮諸侯就進殿朝見紂王，紂王也就一一答禮完畢。
紂王還沒有開口問話，東伯侯就氣憤地說：「請問陛下，姜皇后為何停屍在白虎殿！」

紂王怒喝道：「姜桓楚，你認不認罪！」

東伯侯道：「臣鎮守東魯，奉公守法，認什麼罪？我的女兒一向仁德厚道，她死得一定冤枉！請陛下說個明白！」

紂王破口大罵：「老逆賊！暗暗叫你的女兒行刺我，想來侵奪我的王位，還在這裡胡說！左右，給我拿出去，斬碎這個老逆賊！」不由分說，披甲武士十幾人蜂擁上來，竟將姜桓楚拖將下去。

南伯侯鄂崇禹和西伯侯姬昌連忙跪下替東伯侯請罪，沒想到紂王反而破口大罵：「昨天晚上，你們兩個，也跟著東伯侯罵我，對不對？你們該當何罪！」

鄂崇禹覺得紂王真正莫名其妙，極不高興地說：「陛下召見臣等，到底是為了什麼事？臣等事情都沒有弄清楚，只聽到陛下怒罵臣等！」紂王怒瞪著兩眼：「你竟敢當面侮辱君王！左右，拿下去，殺頭示眾！」又有十幾個披甲武士活拖著鄂崇禹下去。

姬昌在一旁，俯伏無語。紂王又大怒說：「姬昌，你說你該當何罪？」姬昌連忙說：「臣請陛下恕罪！」

此時朝中大臣才得知二位諸侯被殺的消息，亞相比干、微子、箕子等人一起上殿來為姬昌請罪，紂王故意為難姬昌說：「我聽說你會算卦，你要不要替自己的命運算一算，哈哈哈。」姬昌謙虛地說：「我沒有能力替自己算卦，只能替別人算算看，不一定準！」

紂王說：「你算算今日朝廷會有什麼事？」姬昌只得遵命算卦，算了兩次才說：「今日無事，明日太廟火災，陛下要趕快派人將宗廟神主請開，免得毀壞了國家的根本！」紂王問：「明日幾時？」姬昌說：「明天中午。」紂王說：「好吧，暫時將你關著，看看明天你的卦算得準不準。不準，你就難逃欺君大罪！」

紂王派人吩咐太廟官吏，嚴守大廟的香火。第二天中午，太廟官吏驚慌失措地跑來報告：「太廟災異！太廟災異！是閃電引起火災！」紂王吃了一驚，對費仲、尤渾二人說：「姬昌卦算準了，應當怎麼辦？」

尤渾說：「如今已經殺了二鎮諸侯，二鎮不服，一定會叛亂，不殺姬昌也罷，將來還可以命令他和崇侯虎討伐二鎮，讓他們自相殘殺！不過姬昌算卦如此靈驗，不能放虎歸山，將他關在羑里，看情形再說吧！」姬昌就被關在羑里，比干和黃飛虎都曾去羑里慰問過他。

姬昌關在羑里的消息，不久就傳到西岐。長子伯邑考心裡非常難過，就跟上大夫散宜生商量說：「父親被關在羑里，我想去看看他，請求紂王，能不能讓做兒子的，為父親贖罪。」

散宜生說：「你的孝心很好，恐怕沒有用，我們另外想些辦法。」伯邑考一定要這樣，最後散宜生只好說：「你帶著周國的三件寶貝，去進貢紂王看看，要小心行事。」

伯邑考臨走的時候，跟姬發說：「你好好孝順媽媽，幫著國家大事。我多則三月，少則二月，就會回來。」

伯邑考進了朝歌，請比干帶他朝見紂王。紂王正和妲己在鹿臺飲酒，聽說比干帶著伯邑考來進獻禮物，很高興地接見他。伯邑考見了紂王跪下說：「犯臣西伯侯姬昌的兒子伯邑考，納貢代父贖罪。」紂王一看是七香車、醒酒氈、會歌舞的白面猿猴，非常高興，全都接受下來。

伯邑考正要退下去，妲己看到他精神清雅，紂王跟他一比，簡直容貌汙暗，不覺喜歡上他，就跟紂王說：「聽說伯邑考彈得一手好琴，陛下請他為我們彈一曲好不好？」紂王連說：「好，好。」

伯邑考流淚說：「父親被關著，臣不忍彈琴歡樂啊！」紂王說：「沒關係，你如果彈得好，我說不定會放你們父子一起歸國。」伯邑考只好盤膝坐在地上，將琴放在膝上，彈了一曲〈風入松〉，音韻悠揚，清婉動聽，紂王和妲己都很喜歡。

妲己說：「我想拜伯邑考為師，請他教我彈琴。」紂王立刻答應，伯邑考心裡非常悶悶不樂。

第二天下午，伯邑考勉強到宮裡教妲己彈琴，妲己並不真想學琴，只想藉機會勾引伯邑考，但是無論妲己使出多少的嬌姿媚態，伯邑考看在眼裡，都很討厭。妲己心中一怒：「我有愛戀你的心，你倒完全無情，哼！有你好看的！」就哭著跑到紂王面前，說伯邑考調戲她。可憐伯邑考就因此斷送了性命。

紂王忽然想再試試姬昌，就叫人將伯邑考的肉做成肉餅，賜給姬昌吃，紂王對妲己說：「如果姬昌會算，就不會吃這個餅，如果不會算，就會吃這個餅。他如果吃了，他就不是神算，我也就不怕他了。」

其實姬昌在羑里，已經算到此事，心中暗暗掉淚：「我兒遭到碎身慘禍，我還得吃他的肉，天下竟有這種悲慘的事！」姬昌表面上完全裝得無事，所以官員送餅來的時候，假裝說是紂王打獵打到獐鹿，是鹿肉做的餅，特別賜給他吃。姬昌跪著謝恩，然後連吃了三餅。

官員看見了心中想：「大家說西伯能知天數，今天看見兒子的肉而不知道，可見都是假話！」就回去報告紂王，從此紂王對姬昌放了心。

這個消息傳到西岐，臣子們個個要姬發攻打商紂王，散宜生說：「君侯臨走的時候，吩咐過了，大家不要輕舉妄動，過些時日，我再想些辦法。」看看，七年的災期快滿了，散宜生就搜集了一些明珠、綵緞等寶貨，寫了一封信，派二將扮作商人，到朝歌分別送給費仲、尤渾二人。費仲接受了散宜生的禮物，也不問尤渾，尤渾接受了禮物也不問費仲，兩個人都假裝不知。

一日，紂王在摘星樓跟他們兩人下棋，紂王連勝兩盤，心裡非常高興，傳旨排宴飲酒，又命令伯邑考進貢的白猿唱歌，大家聽得很愉快。紂王哈哈笑著說：「說姬昌能知天命，哼，吃了自己兒子的肉都不曉得！」

費仲乘機說：「這是姬昌自吹自擂。我聽手下說，他在羑里，從沒有一句抱怨的話，也許姬昌真是好人。」尤渾知道費仲的用意，也說：「姬昌關在羑里，常常感激陛下，我想他回國以後也一定對陛下忠心不二！」

紂王說：「你們以前不是說，放虎歸山，對我不利嗎？」費仲說：「姬昌也很老了，他兒子伯邑考又因觸怒陛下而死，如果放他回國，他一定會感激陛下，如果關死了他，西岐人民會有怨言的。現在東伯侯在攻打遊魂關，南伯侯在攻打三山關，不如放姬昌回國，要他奉命討伐二鎮，不是更好嗎？」紂王想想很對，就傳旨赦免姬昌，放他回國，討伐二鎮。

姬昌拜辭紂王以後，星夜趕著出關。亞相比干聽見了這個消息，就告訴紂王說：「陛下本來不該殺二鎮諸侯，關西伯侯的，既然關了他又放回去，他不會再聽陛下的命令了。」紂王一聽又覺得後悔，便派殷破敗、雷開二將點三千兵追拿姬昌回來。姬昌已經過了孟津（今河南省孟縣）、渡了黃河，往澠（ㄇㄧㄣˇ mǐn）池（今河南省宜陽縣西）大道走來，聽見後面有追兵來，遠望著臨潼關（今陝西省長安縣東，渭水南方），非常著急。

這時，終南山雲中子在玉柱洞中練他的神功，用手指算一算：「呀！姬昌有難！」叫道：「金霞童兒，到後桃園找你的師兄雷震子（姬昌的第一百個兒子）來。」

雷震子便跟金霞童兒來到雲中子面前。雷震子跪拜說：「師父有何吩咐？」雲中子說：「徒弟，你父親西伯侯有難，現在在臨潼關，你可前去解救。」

雷震子出了洞府，二翅一飛，剎那就飛到臨潼關。看見一個山岡上，有一個老先生騎著一匹白馬，就大聲叫：「山上的是不是西伯侯姬昌？」姬昌一聽有聲音叫他，抬頭一看，嚇得跌下馬來。雷震子連忙將姬昌一抱說：「父親別怕，我來救你。」就帶著姬昌，飛過了五關，到了岐山，才把他放下來。雷震子向姬昌拜別說：「父親，保重，孩兒必須回山了。」說完飛走了，姬昌當然滿心感激。

姬昌自己一個人，沒有馬匹，只好步行，因為年紀老了，走得很慢，黃昏時才看見一個客店，姬昌進入客店休息。

第二天要走的時候，才發現沒有錢付店費。姬昌跟店小二說：「暫時記一個帳好不好？幾日後一定加倍送還。」

店小二生氣地說：「這裡可跟別的地方不同，我們西岐，都接受西伯侯的教化，從來沒有人白吃白住的，你要是不給錢，抓你去見官，多不好意思呀！」

姬昌說：「我絕對說話算話。」此時店老闆出來說：「好吧，你寫下你的姓名、住址，往後我們才能跟你要。」

姬昌只好寫下姓名、住址，店老闆一看，嚇得跪在地上說：「大王千歲，小的有失接駕之罪，沒想到大王已經回來了。」店老闆連忙找到一匹驢子，親自從金雞嶺送姬昌回西岐城。

姬昌回到西岐城，全城老百姓都很歡騰。有一天，姬昌對散宜生說：「我昨天晚上，作了一個怪夢，夢見東南有一隻白額猛虎，背後生了一對翅膀，往帳中撲來，不知吉凶如何？」就算了一卦，散宜生看卦笑著說：「這是個大吉兆，君侯要得到棟梁大臣了。」姬昌也很高興地說：「我們要往東南方渭水邊的附近去找。」於是就跟散宜生到渭水邊來尋找。

有一天，他們來到磻（ㄆㄢˊ pán）溪（今陝西省寶雞縣東南，北流入渭水），看見一個從前犯罪赦免過的樵夫武吉，就問他：「你知不知道有個叫飛熊的老先生？」

武吉現在已經拜姜子牙為師父，當然知道他的號叫飛熊，連忙高興地帶姬昌們去磻溪找姜子牙，不在，又帶姬昌去林中姜子牙住的草房，也不在。姬昌便叫武吉告訴姜子牙，明日他和散生宜會專程拜訪。第二天，姜子牙自然在草房裡等姬昌、散宜生二人，三人相見一談，天下大事都瞭如指掌，非常投機，姜子牙就答應跟姬昌回宮去了。

姬昌回宮立即封姜子牙做宰相。兩人商定好伐商的計劃。姬昌聽從姜子牙的計劃，先打崇侯虎，孤立商紂王。子牙知道打崇侯虎不難，只要先說服崇黑虎不幫助崇侯虎就行了，而崇黑虎一向反對商紂王的無道，說服崇黑虎，並不是件難事，最後姜子牙打敗了崇侯虎。

姬昌在打敗崇侯虎之後，知道自己年紀已老不久要離開人世，就將兒子姬發叫到跟前來說：「我兒，人都不免一死，我死了，你要聽姜太公的話，他才能輔助你，完成我的遺志，把暴君商紂王打敗，替天下老百姓除害。」姬發自然完全遵守父親的遺言。

姬昌過世以後，姜子牙叫姬發自立為武王，建國號「周」，並且追尊姬昌為「周文王」。

㊟大夫：三代的天子和諸侯都設有這種官位，分上大夫、中大夫、下大夫三種，官位在公卿之下，士之上。

第四章
勇往直前黃飛虎

第四章　勇往直前黃飛虎

自從亞相比干被商紂王挖心死去以後，朝廷的大臣們，心裡都很悲痛。這時西伯侯姬昌打敗了北伯侯崇侯虎，姬昌跟著年老去世，將侯位交給姬發。姬發仍拜姜子牙作宰相，追稱姬昌為周文王，稱自己為周武王，公開掛起反旗，指責商紂王的無道，將消息傳遍各地，很多小諸侯都紛紛歸順了周國。

武成王黃飛虎一家，是商朝七代的將軍世家，她的妹妹也嫁給紂王做皇妃，也就是眼看著皇后被妲己害死的黃妃。朝中因紂王無道，害死了很多忠臣，黃飛虎是商朝鎮國大將軍，除了聞太師以外，商朝就是靠他支持著，比干死去，他心裡雖然痛憤，每天還是忠心耿耿地為商紂王衛護著國家。

紂王三十一年元旦的時候，各王公大臣的夫人都按照每年的習慣，到宮中朝見皇后。武成王黃飛虎的夫人賈氏，也進宮朝見蘇妲己。她趁著進宮的時候，順便去看看黃飛虎的妹妹黃妃。姑嫂二人見了面，非常開心，談論著各種事情，自然也談到姜皇后被妲己害死的事情，不幸宮人去向妲己報告，妲己就想顯一顯自己的威風，陷害她們兩人。

當賈氏朝拜蘇皇后以後，妲己就單獨邀請她到摘星樓去玩，賈氏不敢違抗命令，只好陪著妲己到摘星樓去。妲己安排了酒宴，兩人正在飲酒的時候，宮人突然報告：「皇上駕到！」賈氏忙著要躲，妲己說：「賈姐姐不要怕，你既然是黃娘娘的嫂嫂，大家都是親戚，有什麼關係？」賈氏一時也沒地方可以躲藏，只好跟妲己一起跪見紂王。

紂王忙問妲己：「一起跪拜的是什麼人？」妲己說：「武成王夫人賈氏。」紂王連忙說：「兩位平身，起來請坐。」

紂王看見賈氏儀容端莊秀麗，心裡喜歡，就舉杯向賈氏敬酒。賈氏連忙跪下說：「陛下，國母、國君不能隨便召見大臣的妻子，這是國家的禮法，臣妾必須退下。」妲己說：「大家都是親戚，沒有關係。」紂王也笑著說：「就接受我一杯酒，好不好？」

賈氏嚇得退到摘星樓欄杆旁邊，妲己過去想拉她一起飲酒，賈氏看出妲己的惡意，心裡更是焦急，轉身就逃，紂王赫然大怒說：「左右，給我拿下，竟然敢不聽君王的命令！」賈氏一急，竟然從摘星樓跳下去，立刻就粉身碎骨了。

黃妃聽到這個消息，又害怕又氣憤。看樣子，妲己是欺負到她頭上來了，尤其看到嫂嫂慘死的樣子，想到哥哥為紂王打了多少勝仗，為國家流血流汗，紂王竟然欺侮嫂嫂！她就直接到妲己宮內，抓住妲己打倒在地上，好不容易才被兩邊的宮人拉開，宮人也連忙報告紂王。

紂王趕過來的時候，妲己已被打得喘不出氣來，紂王罵黃妃說：「你嫂嫂自己不對，你為什麼打她！」黃妃一聽，氣得不顧一切地罵紂王：「昏君！你還替她說話！我今天和你們拚了！」竟動手打紂王，紂王一閃，就叫人把黃妃抓起來，丟到蠆盆裡去。

等到紂王怒氣消了以後，才開始後悔剛才所做的事。黃飛虎和聞太師是自己的左右手，如今傷害了左手，對自己非常不利，就召費仲、尤渾二人來商量。

黃飛虎在家裡，正和弟弟黃飛彪、黃飛豹、黃明以及周紀等家將們歡度元旦，突然賈氏的丫鬟急匆匆地跑進來報告說：「老爺啊，大事不好啦！」黃飛虎問：「什麼事？說得這麼悽慘！」丫鬟哭哭啼啼地說：「夫人進宮，不知什麼原因，從摘星樓上摔下來死了，黃娘娘也被丟進蠆盆去啦！」黃飛虎一聽呆了，三個兒子在旁邊聽見，都哭了起來。

黃飛虎急著問：「你句句是實話？」丫鬟跪著點頭。黃飛虎連忙派家人再去打聽清楚，一邊說：「這是怎麼一回事？我要怎麼辦？」黃明猜測地說：「我想，問題很大，一定跟蘇妲己有關係，上次姜皇后就是被她害死了。長兄要快拿主意，免得陛下一不做、二不休，連我們都拿住問罪！」黃飛虎點頭說：「真是奇怪，夫人一向不會惹是生非的，發生了這種事，真是天大的災禍了。紂王這幾年，殺了多少忠臣，難道連我這麼忠心耿耿的，他也敢亂來嗎？」

家人回來報告得更確實了。黃明說：「國君不正，做臣子的就另外找賢君去！」黃飛虎非常著急地說：「唉！我們跟商朝的關係這麼密切！國家對我們恩典很重，我們找哪個賢君去呢？」

黃飛彪說：「事情既然是紂王不對，我們的災禍也就難逃了，這幾年看看紂王做的事情，越來越不分是非了，我看我們要逃，今天晚上就要逃出朝歌。聽說西伯侯姬昌已經死了，他的兒子姬發做了武王，姜子牙做了宰相，我們就投奔他們去，將來為嫂嫂、妹妹報仇！」

黃飛虎心裡非常混亂，隨口說：「也對。」正說著，就聽見外面一片喊聲，原來是紂王已經派武士來抓黃飛虎了。黃飛虎此時才死下心去，立即和弟弟們及眾家將穿上盔甲，殺出一條血路，往朝歌城外逃了。

黃家父子、兄弟一直逃過了孟津，渡了黃河，繞過澠池縣，向臨潼關逃來。聞太師也帶了追兵一路趕過來。

這時青峰山紫陽洞清虛道德真君，正在五嶽閒遊，發覺有一股怨氣沖到雲彩上，就撥開雲彩，往下一看，才知道黃飛虎有難，心中說：「黃飛虎是一個講義氣、忠心耿耿的大臣，不幸被紂王的無道逼得反叛了！我得救他一救！」就命令黃巾力士：「拿我的混元旗來，把黃家父子罩住，使得追兵看不到他們！」

聞太師的追兵追到時，突然看不見黃家父子，大家都感到非常奇怪。聞太師問臨潼關的守將張鳳說：「老將軍，叛臣黃飛虎過了關嗎？」張鳳行禮回答說：「太師在上，末將不曾看見他們。」

聞太師想，他們一定是躲藏起來了，就命令臨潼關張鳳和佳夢關魔家四將、青龍關張桂芳，一起好好把守關道，準備捉拿黃飛虎。自己帶著兵回朝歌去，以便監督紂王整頓朝綱，不能讓國家再發生這樣的禍事。

真君叫力士將黃飛虎父子移出關外，才收了混元旗。黃飛虎父子被混元旗罩住時，大家一時分不清方向，都以為被聞太師使了妖法困住，心中都驚慌得要命，以為死定了。等到分清方向時，竟然已經逃出了臨潼關，才知道有神明在暗中幫助，黃明高興地說：「上天幫助善人！」大家就更有信心地繼續逃走，逃了八十多里路，又到了潼關（今陝西省華陰縣東）。潼關的守將陳桐，早接到張鳳的消息，把守著關道，準備捉拿黃飛虎父子。

陳桐曾經是黃飛虎的手下，以前犯了罪，被黃飛虎處罰過，現在調來潼關，正可報昔日的仇恨。陳桐全身披掛甲冑，和黃飛虎往來打了二十回合，看樣子快要被黃飛虎打敗，就假裝逃跑，黃飛虎一面追，一面叫：「陳桐哪裡逃！」沒想到陳桐暗取火龍鏢，出手生煙，一鏢打在飛虎肩脅下面，把黃飛虎打跌在他騎的五色神牛下面，周紀連忙趕來助陣，也被陳桐一鏢將頸子打通。黃明趁二將打仗時，急忙把黃飛虎救回營帳裡面，陳桐看見打死了兩人，就先擂鼓得勝回關。

黃飛虎的三個兒子和眾將正在為死去的黃飛虎哀哭的時候，忽然有一個道童走進營帳裡來，原來是黃飛虎從小失蹤了的兒子黃天化，他先救活黃飛虎等人，解除了他們的危機，殺出了潼關，黃天化就向父親拜別回到山上去了。

黃家父子又走了八十多里路，來到穿雲關。穿雲關的守將是陳桐的哥哥陳梧。陳梧知道黃飛虎殺了弟弟陳桐，顯然黃飛虎相當厲害，不是光用武力就可以打敗他，於是用計謀來騙他。

陳梧帶著將士們，身上不披甲冑，手上不拿兵器，列隊在關門口歡迎黃家父子。陳梧一見黃飛虎，就在馬上行禮說：「陳梧知道將軍幾代忠良，赤心報國，現在是君王虧待了將軍，不是將軍犯罪，我的弟弟陳桐，不分青白，抵抗將軍，以致被將軍打敗了。」黃飛虎也在座騎五色神牛上答禮說：「逃難的臣子黃飛虎，如果承蒙將軍以禮相待，絕不敢忘記將軍的大恩大德。」陳梧又說：「末將想將軍一路辛苦，請將軍暫停腳步，接受末將的一飯招待，然後送將軍出關如何？」

黃飛虎心裡自然不完全相信，但是陳梧既然以禮相待，自己不好推辭，就小心翼翼地帶著家人、家將們接受陳梧的招待，一面又叮嚀眾人，如有危險，大家一起殺出關去。黃家父子吃完飯，覺得陳梧很誠懇，看不出任何詭詐，接著陳梧又說：「天色已晚，不如在這裡安睡一宵，明天早上再走。」黃飛虎也就答應下來了。

黃飛虎自己一夜不敢睡下，守坐在房中，到了深夜三點鐘的時候，突然聞到一股煙味，心中立刻想：「不好了！」走出房外，走到大門，發現大門從外面給封住了。馬上叫醒眾人，大家披上甲冑，手拿武器，將大門劈開，大門外面已經堆了很高的柴薪，正在燒火，而且陳梧領著眾將拿著火把點火，飛虎趕著五色神牛向前，一刀把陳梧穿心而過，黃飛虎父子和陳梧的將士互相殺得鬼哭神嚎，到了快天明，才殺出穿雲關去。

界牌關的守將黃滾，是黃飛虎的父親，他早就接到聞太師的命令，知道自己的大兒子反叛了商朝，心裡非常懊惱，現在聽到黃飛虎帶著家人來了，便擺開了一路人馬，準備捉拿兒子。

黃飛虎看見了父親，便在五色神牛上行禮：「爸爸，不孝兒飛虎不能全禮。」黃滾大怒說：「我家受了朝廷七代的恩榮，你為了一個女人而反叛商朝，實在侮辱了祖宗，使我慚愧，還不快快下牛接受我的懲罰！」黃飛虎聽了一時默默無語。黃滾又罵：「畜生！你到底要不要做忠臣、孝子！」

黃飛虎聽了心下難過說：「父親在外面不知道，飛虎反商，實在是逼不得已！當今紂王連亞相比干都殺了，朝廷越來越無道，兒子既然已經反商，就沒有回頭的機會，請父親原諒兒子的不孝。」

黃飛虎一揮手勢，周紀、黃明便衝出陣來，將黃滾圍困著，黃飛虎便帶著人馬衝出關外。黃滾一看人犯已走，便舉刀自殺，被黃明一把抱住，黃明說：「老虎再狠毒也不吃自己的兒子，媽媽在就好了，可憐母親早已去世，父親不原諒兒子，也該疼疼孫子！」就抱著黃滾闖出關外，並且叫周紀打點糧草，一併出關，界牌關的將士們見主將被擄走，又是主將家人，大家都沒有了主意，一切也就聽從周紀的話而行事。

最後一關是汜（ㄈㄢˋ fàn）水關，守將是韓榮，他手下有一將，名叫余化，有左道妖術，無戰不勝。黃飛虎跟余化正打得難解難分的時候，余化突然收刀就走，從背後囊中抽出一旗，叫「戮魂旗」，向飛虎一舉，就把黃飛虎罩住捉到，押到韓榮面前，飛虎立而不跪。

韓榮說：「朝廷對你們家恩德如此厚重，竟敢反叛！」黃飛虎說：「你遠在邊界，當然不知道朝廷內亂，君不君所以就臣不臣！我被你抓住，有死而已，不必多言。」韓榮說：「我必須盡忠職守，將你們一家全都解往朝歌。」余化用「戮魂旗」一一把黃滾、黃明、黃飛彪、周紀等人全都抓住，然後將他們一家用囚車，一路解往朝歌。

這時，乾元山金光洞太乙真人，心中忽然一動，用手指算一算，知道黃家父子有難，就吩咐哪吒下山解救。

哪吒本來好動，高興地腳踏風火二輪，拿一把火尖鎗，就往汜水關來。在一山岡上，看見余化一支人馬，旗幟招展，押送著二十輛囚車。

哪吒不改頑皮的本性，就踏著風火輪，來到余化面前大叫：「我是此地山神，所有過往行人，都要先交買路錢，否則不讓你們過去！」余化大笑：「老子是汜水關總兵官韓榮前鋒將軍，你這小子好大膽，敢阻撓去路，快讓開，饒你一命！」

哪吒說：「送我十塊金磚就送你過去！」余化大怒，兩人開始大戰，戰了十幾回合，余化又重施法術，將戮魂旗抽舉出來，哪吒一看笑道：「這個東西是戮魂旗。看我的！」用手一招，就接住戮魂旗，然後提鎗向余化一刺，余化敗走，哪吒又用乾坤圈，打中余化頂盔，余化更是轉身逃跑。

哪吒對著囚車大叫：「誰是黃飛虎黃將軍！」黃飛虎說：「登輪的是誰？」哪吒回答：「我是乾元山金光洞太乙真人門下，李哪吒，師父知道黃將軍有難，所以派我下山解救。」

黃飛虎大喜，哪吒就把他們放出來，一起再向汜水關闖來。韓榮看見余化敗回，連忙準備好守關，哪吒把余化、韓榮都打得棄關而逃。黃飛虎父子等人，把韓榮府中寶物，裝滿一車，出了汜水關，哪吒送他們到金雞嶺才折回乾元山。

黃飛虎等人一到西岐，姜子牙已經率領眾人接待，姜子牙說：「黃將軍肯來西岐，正是我們武王的福氣！」就領著黃飛虎見了周武王，武王自然非常高興，仍然拜黃飛虎為鎮國武成王的官位，從此黃飛虎就成為姜子牙手下衝鋒陷陣的一員猛將，為周朝立下許多汗馬功勞，不但隨著姜子牙打進了五關，克服了好幾場惡戰，而且一直打到離朝歌很近的澠池縣。眼看著就要把紂王推翻，報紂王殺妻、殺妹的仇恨，卻不幸在與澠池縣守將張奎、高蘭英夫婦二人作戰的時候，被高蘭英紅葫蘆裡放出三枚太陽金針，刺瞎了眼睛，而被張奎一刀斬死。

第五章
老淚縱橫聞太師

第五章　老淚縱橫聞太師

亞相比干的棺材停在皇城門外，很多大臣都在燒紙祭拜。聞太師剛好騎著黑色的麒麟從北海凱旋回國，率領著大隊人馬進入皇城，看見這種情形就停住麒麟問道：「是什麼人死了？」大臣們看見太師回來，個個燃起心中的希望，大家說：「忠心的亞相比干。」

太師臉色大變，連忙下騎祭拜，難過地說：「我遠征北海，離別京師多年，沒想到發生這種令人難過的事情！」然後大臣們又都紛紛說出紂王的無道，聞太師聽了，更是又急又怒，眉間額上的那第三隻眼也和兩隻眼睛一樣怒光交輝，馬上帶領著人馬進入皇城，並派人報告紂王，請紂王登殿，接受太師還朝進禮。紂王在鹿臺上和妲己飲酒，一聽這個消息，連忙排駕上殿，接見聞太師。

聞太師進禮完畢，紂王賜座。聞太師看見東邊殿上有十隻黃澄澄的大銅柱，就問紂王說：「這是什麼？」紂王說：「這是炮烙的刑具，專門處置那些侮辱國君的臣子！」

太師又問：「我進皇城時候，看見新蓋的一個高聳雲霄的臺子是什麼地方？」紂王說：「那是我夏天避暑、冬天賞雪的地方，叫做鹿臺，等會兒我帶你去觀賞觀賞。」

太師聽了，悶悶不樂地說：「我還聽見陛下造了酒池、肉林、蠆盆什麼的？我不相信陛下會做出這種事情來！老臣在外面好不容易打敗了幾個叛亂的小諸侯，回來竟然聽見東伯侯與南伯侯都已經反商了，而且西伯侯兒子自立為王，看樣子天下要亂了起來，陛下現在不振作起來，什麼時候才能振作？要把江山拱手讓給別人嗎？」

紂王聽了這些話，雖然不順心，但聞太師是他第一個倚賴的大臣，不能不聽他的話，就勉強地說：「依你看，應該怎麼辦？」

太師說：「陛下應該疏遠小人，接近君子。第一，拆掉鹿臺；第二，廢除炮烙酷刑；第三，填平蠆盆；第四，去掉酒池、肉林；第五，速斬費仲、尤渾二人，他們有欺君之罪；第六，遣使趕快招安東南二鎮諸侯；第七，廣開言路，讓大臣有話直說，朝廷才能清明。」

紂王說：「鹿臺建造不容易，拆去可惜。中大夫費仲、尤渾兩人罪不至死。其他准行。」聞太師看見紂王七件事答應了五件事，也就不再逼紂王了。

紂王雖然答應了五件事，五件事還沒有一步步做到的時候，已經到了這年元旦，就在元旦幾日之間，黃飛虎的夫人賈氏、妹妹黃妃被妲己害死，黃飛虎星夜帶領家人、家將們殺出朝歌城，逃向西岐。

聞太師聽見這個消息，非常震驚，就跑去見紂王說：「陛下如何這樣虧負武成王！陛下趕快赦免黃飛虎的罪名，老臣去追他回來，這樣國家才能太平！」

紂王心裡也很懊惱，卻惱羞成怒說：「賈氏觸犯蘇皇后，黃妃又大打蘇皇后，她們也太不守宮法了，這是她們咎由自取！太師先去追回黃飛虎，追回來了再說！」

聞太師急得連忙帶兵追趕，沒想到追到臨潼關的時候，明明要追上了，卻不知為何突然看不見他們的蹤影，他就命令各關守將嚴密守關，自己先回朝繼續整頓朝綱。他想：「左邊有張桂芳守青龍關，右邊有魔家四將守佳夢關，中間還要過五關，黃飛虎除非背上長了翅膀，要不然是飛不出去！」

沒想到回到朝歌不久，就聽見前方報告傳來：「臨潼關守將沒看見黃飛虎」、「黃飛虎殺了潼關守將陳桐及穿雲關守將陳梧」、「界牌關守將黃滾跟兒子黃飛虎一起投奔西岐」、「汜水關總兵韓榮被妖童打敗」、「黃飛虎反臣已歸順姬發」，聞太師一想：「這下不好了，西岐周武王得到黃飛虎，是如虎添翼了，不久就會天下大亂。」就派晁田、晁雷兄弟出五關，先去打聽西岐的動靜，準備先發制人。

晁田兄弟潛入西岐以後，很快就被人抓住送到姜子牙面前。姜子牙說：「二位晁將軍，你們一定是來打聽消息的，你們回去告訴聞太師，紂王太無道，他是沒有辦法獨撐大局的，叫他死心吧，免得白白喪失自己的老命！」晁田兄弟站在那裡一句話也不說，姜子牙叫：「推出去斬首！」

此時黃飛虎看見自己的舊部將被殺，心中不忍，連忙出來說：「丞相在上，晁田兄弟都是忠心的好臣子，讓我勸說他們歸降，可以幫助丞相一臂之力。」

姜子牙答應了。黃飛虎就去說降晁田兄弟，他們心裡願意，只是擔心父母妻小在朝歌會被紂王殺害，姜子牙就設計叫晁田留在西岐，派晁雷回去向聞太師報告西岐的情形，順便將父母家小帶到西岐。

晁雷回去，按照計劃實行，等到聞太師發覺的時候，晁雷已和父母家小一同逃達西岐了，聞太師一怒，就派青龍關守將張桂芳去攻打西岐。張桂芳先勝後敗。聞太師接到消息以後，決定自己帶兵攻打西岐，只要西岐一平，其他諸侯也就會跟著聽命。

聞太師要離開京城，紂王反而高興，馬上又將費仲、尤渾二人調到跟前來侍候，跟妲己飲酒做樂。聞太師一路走一路想：「張桂芳這次的失敗，與黃飛虎逃亡汜水關時韓榮的失敗，簡直一樣，都是有位妖童作怪。」就想起自己從前的許多道友，準備先去拜訪他們一下，到緊要關頭可以幫助自己。

聞太師先吩咐軍隊繼續向前走，他一個人騎了黑麒麟，掛好兩根金鞭，把麒麟角一拍，就駕起風雲，一會兒來至西海的九龍島上，滿眼海浪滔滔、煙波滾滾。他把座騎落在山崖前，看見滿山奇花異草，松柏青葱，一個小孩正好走出洞口，太師問他：「你師父在不在？」小孩說：「他們正在裡面下棋。」太師說：「你告訴他們，商朝聞仲來訪。」

小孩進到洞裡，不一會兒，就看見四個道人一起出洞，大家笑著說：「聞兄，什麼風把你吹來？」

太師說：「有事特別來拜託！」

道人們說：「你乾脆跟我們一同在荒島生活算了，管什麼人間閒事！」

太師說：「我是商朝老臣，不願意看商朝滅亡，想請四位幫助我打敗西岐姜子牙，我就能點醒紂王，整頓商朝的國政！」

道人都說：「眼看著商朝氣數快完了，你就算了吧！」

太師說：「你們不幫忙就算了，我是要作戰到底的！」

四位道人大笑：「也罷！就跟著你走一遭吧。」

這四位道人叫王魔、楊森、高體乾、李興霸，他們騎著四隻怪獸：狴犴（ㄅㄧˋ ㄏㄢˋ bì hàn）、狻猊（ㄙㄨㄢ ㄋㄧˊ suān ní）、花斑豹、猙獰。他們跟著聞太師一起趕上了軍隊，趕到西岐張桂芳紮營的地方。張桂芳和手下大將風林，都被哪吒的乾坤圈打傷了，王魔等人就用丹藥將他們的傷治好。

第二天，王魔等人告訴張桂芳說：「你出陣，指名叫姜子牙出來，我們騎的是怪獸，你和風林二人把這符貼在馬鞍上，才不會跌下馬來。」二將領命出陣，大叫：「請姜子牙出來說話！」姜子牙便騎了青騘馬，手提寶劍，出來應戰，這時後面鼓聲大響，旗子一開，走出四樣怪獸，子牙兩邊戰將都跌翻下馬，子牙也跌下馬鞍來，因為這些戰馬一看見四隻怪獸，立刻骨軟筋酥，只有哪吒風火輪、黃飛虎五色神牛不動。

四道人看見姜子牙跌得冠斜袍破，大笑不止：「不要慌，慢慢起來！」王魔說：「姜子牙，我們是九龍島煉氣士，你跟我們都是道門，我們想替你及聞太師解圍，你願不願意依著我們三件事情：第一件，要周武王稱臣；第二件，給商朝軍隊賞賜；第三件，將黃飛虎送出來，解往朝歌。你看如何？」

姜子牙看情勢不好，就說：「你們說得很明白，能不能給我三天的時間，我好同武王商量。」

楊森說：「好，三天後大家再會。」姜子牙回到相府，黃飛虎連忙跪下，請求送出自己，姜子牙當然不答應。

王魔等人在營中等了三日，第四天還沒有看見姜子牙出來，就帶領人馬衝殺過來。姜子牙就騎了四不像，帶著龍鬚虎、哪吒、黃飛虎出來應戰。王魔一看見姜子牙騎了四不像，生氣大怒說：好姜尚！你原來去崑崙山①借了四不像、龍鬚虎來對付我們！哼！」用劍直取姜子牙，哪吒先衝出助戰，被楊森取出一粒開天珠打中，打翻下風火輪去，好在哪吒被黃飛虎救了過去，黃飛虎也差點被開天珠打翻在五色神牛下。龍鬚虎連忙跳出來，又被高體乾的混元珠打扭了頸子，三將受傷趕緊逃回營內。

姜子牙正要逃走，又被李興霸的劈地珠打中前心，子牙差點翻下四不像，連忙騰雲駕霧往北海方向逃走。王魔跟在後面，走到一座山上，看見姜子牙，用開天珠又打中他的後心。這時候突然聽見一位道人唱歌而來，原來是五龍山雲霄洞文殊廣法天尊。

廣法天尊對王魔說：「王道友，饒姜子牙一命，商紂王不值得你幫助，你應該知道商朝氣數快完了，你好好回去吧！」

王魔心中一橫：「廣法天尊，你好大的口氣，看珠！」廣法天尊後面走出一個道童，名叫金吒，是哪吒哥哥，用遁龍柱上三個金圈，將王魔縛住，頸上一圈、腰上一圈、腳下一圈，然後一劍殺死了他。

這一來，不但姜子牙被廣法天尊救了，廣法天尊還帶回哪吒兩位哥哥金吒、木吒一起來西岐幫助姜子牙。金吒、木吒用三金圈將楊森、高體乾、李興霸一個接一個圈住，姜子牙取出打神鞭，將三人打死。張桂芳和風林正要逃，風林又被黃飛虎的第四個兒子黃天祥一劍刺死，他們的靈魂全被引到姜子牙造好的封神台去。

張桂芳逃回營來，報告聞太師，聞太師臉色大變，連忙派人傳書朝歌城，調兵來助戰，並命令佳夢關魔家四將前來助陣。張桂芳受傷很重，沒有幾天也就死了，靈魂也上了封神台。聞太師看到自己的愛將及四位道友皆在這場戰爭中死亡，心裡非常悲傷，更感到姜子牙他們的勢力非同小可，自己必須小心應付。

魔家四將人馬，接到聞太師的命令，星夜登山越嶺而來。姜子牙聽見魔家四將，忙問黃飛虎，他們的本領如何？

黃飛虎說：「魔家四將，是兄弟四人，都有奇術變幻，老大叫魔禮青，有一把寶劍，叫青雲劍，一揮有一股黑風，砍在人身上，好像萬千把刀砍的一樣，四肢立刻粉碎。老二叫魔禮紅，有一把傘，名叫混元傘，一撐開，天地昏暗，轉一轉，山崩地動。老三叫魔禮海，有一面琵琶，上面有四條絃，撥動絃聲，風火齊至，人立刻被燒死。老四叫魔禮壽，有一寶物，形狀像白鼠，名叫花狐貂，丟放空中，現出白象身形，還有飛翅，會吃人。他們一旦來了，就會非常可怕！」姜子牙聽了，心中悶悶不樂。

第二天，四將出來挑戰，姜子牙也只好出陣應戰。魔禮青剛用劍砍子牙，子牙手下大將南宮适縱馬舞刀來戰，另外魔禮紅與辛甲大戰，魔禮海與哪吒對打。哪吒使用乾坤圈，要打魔禮海，誰知魔禮紅撐起混元傘，把乾坤圈收去了。金吒連忙使用遁龍柱，也被收去了。子牙忙揮出打神鞭，也一樣被收去了。魔禮海趁機撥動風火琵琶，魔禮壽把花狐貂放出空中，任意吃人，西岐眾軍大受災禍，死傷很多。

子牙坐四不像騰空逃去，哪吒踏風火輪逃走，金、木二吒土遁（ㄉㄨㄣˋ dùn）②逃回，龍鬚虎水裡逃生，其他眾將都死的死、傷的傷，姜子牙簡直不能招架。姜子牙看大勢不妙，趕快掛起免戰牌。魔家四將卻不管三七二十一，更積極攻城，將異寶全都施展出來，準備將西岐旋成海水。

這時玉虛宮元始天尊算出西岐有難，就把瑠璃瓶中淨水往西岐一潑，將海水退回北海，又將風火、天搖地動的法術全部穩住。四將看見法寶不能取勝，就加緊圍困西岐城，想讓他們糧盡而死。姜子牙正想再到崑崙山求元始天尊幫助，有一個道童來到城內，他就是有名的玉泉山金霞洞玉鼎真人門下楊戩。

楊戩會千變萬化，所以叫姜子牙把免戰牌去掉，他來會魔家四將，他在夜間將魔家四將寶貝偷了。魔家四將丟掉了寶貝，第二天只好真刀真槍來和姜子牙大戰，同時，黃飛虎的兒子黃天化也下山來幫忙，黃天化帶來了許多長七寸五分的火焰光華的攢（ㄗㄢˇ zǎn）心釘，出手一發將魔家四將全部打死了。

聞太師一聽魔家四將被打敗，連忙收兵回青龍關，準備再去尋訪道友來和西岐決一勝負。聞太師騎著黑麒麟，霎時就到了東海金鰲（ㄠˊ áo）③島。看見各處洞門緊閉，道友們都不知道哪裡去了，心中很失望，忽然後面有人叫他：「聞兄！聞兄！」太師一回頭，原來是菡芝仙姑娘。

芝仙說：「金鰲島的道友們，都在白鹿島上練陣圖，大家已經從申公豹那兒得到你戰敗的消息，決定好好來幫你和西岐大戰一場！」

聞太師說：「你們在練什麼陣圖？」

芝仙說：「大家在練十絕陣，就快練好了，過兩三天，大家就跟你去西岐，和姜子牙大戰，一定會將他打敗！」

等到眾道友練好了十絕陣以後，由秦天君率領，跟著聞太師一起來到西岐。第二天，聞太師命令軍營打出開戰的砲聲，自己騎著黑麒麟來到姜子牙的營前，請姜子牙出來答話。姜子牙知道聞太師隔了好些天才來開戰，一定去請道友們去了，心裡也很擔憂，出來一看，聞太師後面有十位道友，臉著五色，都騎著鹿來。

秦天君向姜子牙說：「我是金鰲島煉氣士秦完，你是崑崙門下，我是截教門下，特別來報九龍島四位道友被殺的仇恨！」

子牙回答說：「我們道友，本來都互不相干的，只因為紂王太無道，殺害忠良，大家才打起來，這些都是無可奈何的事！」

秦天君說：「姜子牙，我們在島中練好了十絕陣，你來看看，不要逞強，免得一打起來，死更多的無辜老百姓，如果你破不了，就投降聽命如何？」

姜子牙只好說：「領教了。」帶著哪吒、黃天化、雷震子、楊戩四位門人前來看陣。四人保護子牙看陣，看見頭一陣是天絕陣、第二陣是地烈陣、第三陣是風吼陣、第四陣是寒冰陣、第五陣是金光陣、第六陣是化血陣、第七陣是烈焰陣、第八陣是落魂陣、第九陣是紅水陣、第十陣是紅砂陣。姜子牙一看，心膽都快嚇破了，一陣比一陣厲害，看樣子這場仗是打不得了。

秦天君大笑：「姜子牙，你能不能破？」姜子牙只好硬著頭皮說：「三天之後，一定破給你看！」秦天君很得意地說：「好吧，就給你三天！哼！到時候你就知道厲害了！」聞太師看出姜子牙愁眉雙鎖，心裡也得意起來，對姜子牙說：「姜尚，你的死期到了！」

姜子牙回到軍營中，默默不語，一籌莫展。聞太師的道友們，有個姚天君，更在落魂陣中，築了一個土臺，設了一個香案，臺上紮了一個草人，草人身上寫著姜尚的名字。草人頭上點三盞燈，腳下點七盞燈，上三盞叫催魂燈，下七盞叫促魄燈，姚天君披髮揮劍，口中念咒語，一日拜三次，準備將姜子牙拜死。他拜啊拜的，拜得姜子牙三魂七魄只剩下一魂一魄。

崑崙山玉虛宮的元始天尊便派了赤精子來破姚天君的妖術，救活了姜子牙，並糾集三山五嶽的神仙道友們共同來破十絕陣。姜子牙立即建了一個蘆篷蓆殿，供十多個神仙道友們居住，眾仙裡推出靈鷲山圓覺洞燃燈道人做總指揮，燃燈說：「這十絕陣全都非常凶惡，會損害闡、截二教十多位道友，他們的靈魂只好都上封神台了。唉！戰爭真是可怕的災難啊！」

開戰的第一陣是天絕陣，秦天君騎著黃斑鹿出陣大叫：「誰來破天絕陣！」燃燈派了玉虛門下鄧華出來，鄧華手拿兵器出來刺殺秦天君，秦天君只和鄧華打了三、五回合，就往陣內走去，鄧華隨後趕來。秦天君上了板臺，將臺上的三隻旗子左右轉動，往下一丟，雷電交作，把鄧華昏昏慘慘地立即打死了。燃燈難過地說：「可憐鄧華數年道行，今日結束了。」他看出破天絕陣的方法，就派文殊廣法天尊去破此陣。

天尊趕到天絕陣門口，看見裡面颯颯寒霧、蕭蕭悲風，就把手往下一指，平地有兩朵白蓮生出，天尊腳踏二蓮，飄飄而進，並把口一張，吐出斗大一朵金蓮，蓮上有五盞金燈引路，無論秦天君如何搖旗，雷電也打不到天尊身上。天尊把遁龍柱向空中一丟，將秦天君遁住了，天尊再將寶劍一劈，就砍下了秦天君的頭顱。天絕陣就被廣法天尊破了。

突然聽見「地烈陣」一聲鐘響，趙天君騎在梅花鹿上出來大叫：「誰敢會我的地烈陣！」

燃燈派韓毒龍出來，他手提寶劍，直向趙天君衝來，趙天君笑著說：「你道行太淺，白白浪費生命！」就只和韓毒龍打了五、六回合，往陣內逃走，韓毒龍也毫不畏懼地趕進陣裡。

趙天君上了板臺，將五個旗子一搖，四方雷火齊發，韓毒龍一下子就燒得飛灰煙滅了。燃燈心裡難過，默默不語。

趙天君又騎著梅花鹿出來叫：「你們闡教的人，不要派道行太淺的人來浪費生命！」燃燈再派懼留孫去會地烈陣，懼留孫對趙天君說：「趙江，你們截教的人，何必要心地如此險惡？立下如此惡陣！」懼留孫入陣之前，從鼻中吹出幾朵慶雲來護身，手拿著綑仙繩闖入陣中，將綑仙繩向趙天君一丟，就把趙江完全綑住，將他帶出陣來，吊在蘆篷上，就這樣破了地烈陣。

聞太師看見姜子牙的道友們連續破了他的道友們二陣，而且損失了二個道友，心裡很焦急，董天君對聞太師說：「聞兄，別擔心，我的風吼陣不是世間的風，風起就有萬刀齊至，他們要是沒有定風珠，是破不了此陣的！就讓我們闡、截二教的人，比比高下！」

燃燈趕快派黃飛虎，到九鼎鐵叉山八寶雲光洞度厄真人那裡借定風珠，黃飛虎借回定風珠的途中，在黃河岸上遇到反對紂王無道而離開朝歌的方弼、方相二位舊部將，就將他們兄弟二人帶回西岐。此時董天君正在高喊：「誰來會我的風吼陣！」

方弼看見了，就拿著長戟（ㄐㄧˇ jǐ）大喊：「妖道慢來！」衝過去向董天君就是一戟，董天君招架不住，急往陣裡走，方弼不知陣裡的厲害，黃飛虎攔他不住，方弼就死在黑風中萬千兵刃之下。

燃燈趕快派了慈航道人，頭頂著定風珠，進風吼陣裡去，董天君無論如何搖旗，風都不起，慈航將清淨琉璃瓶向空中一擲，瓶底朝天，瓶口朝地，瓶中一道黑氣，將董全吸進瓶中去了，立即化成血水，風吼陣也就跟著破了。

此時，袁天君衝出來大叫：「闡教門下，誰來會我的寒冰陣！」薛惡虎領了燃燈的命令，用劍向袁天君砍來，袁天君說：「小子你趕快回去，叫你師父來！」

薛惡虎大怒說：「奉命而來，哪有怕死回去的！」就殺進陣裡去，袁天君將旗子一搖，上下都出現冰山，而且像狼牙一般，將人壓成肉泥，薛惡虎就這樣犧牲掉了。燃燈看到寒冰陣的情況，才派了普賢真人去走一遭。

普賢真人對袁天君說：「袁角，擺這個惡陣做什麼！」就將手指一放，一道白光，燃出好多火雲，將冰山一會兒就融化了。袁天君一看陣破了，正想逃走，普賢真人就飛出吳鉤劍來，將袁天君斬於陣內。普賢真人收了雲光，大袖迎風，飄飄出陣。

聞太師氣得咬牙切齒，站在一旁的金光聖母說：「聞兄，不要氣，讓我來對付他們！」

金光聖母撒開五點斑豹神馬，厲聲大叫：「誰敢來破我的金光陣！」燃燈道人正在困惱，不知要派誰去，突然迎風來了一位道人，對燃燈行禮說：「我是玉虛門下蕭臻，奉命來破金光陣！」

蕭臻馬上和金光聖母劍來劍往地打鬥起來，一直趕著金光聖母，趕進金光陣裡去。原來金光陣裡有二十一根旗桿，桿上吊著一面面大鏡子，金光聖母將吊鏡子的繩子一拉，每面鏡子射出金光，將蕭臻轉眼間就射得衣袍身體無影無蹤。

燃燈連忙叫廣成子去對付，廣成子趕快將八卦仙衣從頭到腳裹定，走入金光陣裡。金光完全不能穿透他的身子，並從八卦仙衣底下，將番天印打出，將二十一面鏡子打碎了十九面，金光聖母正想逃，廣成子的番天印向她打來，正打中頂面，腦漿迸出，金光聖母死在番天印下。

接著化血陣孫天君出來大叫：「廣成子不要走，我來替金光聖母報仇！」孫天君騎著黃斑鹿飛滾而來。燃燈只得先犧牲道行淺一點的道友，以看出破陣的方法。就命五夷山白雲洞散人喬坤去對付。

喬坤提劍在手走出來，孫天君大罵：「你算什麼人！快快回去，免得死得冤枉！」喬坤自然不聽，就追著孫天君走入陣中，孫天君上臺，將一片黑砂搖下來，喬坤全身沾上黑砂，馬上化成一片血水。

太乙真人不等燃燈吩咐，就追到陣門前，用手往下一指，腳踏兩朵青蓮，再用手向上一指，頭上出現一朵白雲，護住頭頂，孫天君的黑砂打將下來，一到頂雲，就被頂雲吸得無影無蹤。太乙真人更將九龍神火罩祭于空中，將孫天君罩住，真人雙手一拍，九條火龍出現，將罩盤繞住，一會兒就將孫天君燒成灰燼。聞太師看了，心裡一難過，淚如雨下。

聞太師算算十陣破了六陣，就更緊張了，先按下四陣，又去了峨嵋山羅浮洞請了趙公明來助陣。趙公明騎了一條猛虎來到子牙帳前，大叫：「姜尚出來見我！」燃燈對子牙說：「他是羅浮洞趙公明，要小心應付！」

姜子牙一出來，趙公明就大罵：「你倚仗著闡教道友，殺害了我們六位道友，今天必定向你報仇！」就提著神光閃灼的縱虎鞭，打中姜子牙的後心，一下子就打死姜子牙。哪吒趕忙抵擋趙公明，金吒將子牙救回營帳裡，楊戩連忙放出哮天犬將趙公明頸項咬傷，戰仗才暫時停止下來。

周武王看見子牙面如白紙，一副死去的樣子，急得驚慌失措。廣成子連忙取了一粒丹藥，才將子牙救活。

第二天，燃燈親自對付趙公明，趙公明頸項的傷早已用自己的丹藥治好，威風凜凜地來向燃燈挑戰。

燃燈說：「趙道兄，我們二教在碧遊宮簽定『封神榜』的時候，已經說好扶周滅商，因為紂王無道，姜子牙才輔助周武王伐紂，這件順天應民的事情。你們截教，偏偏不守諾言，硬要幫助商紂王，弄得玉虛宮元始天尊惱怒，我們才來對付你們！」

趙公明大怒說：「難道我比不上你們！」趙公明取出一物，名叫定海珠，由小珠二十四顆做成，五色毫光亂射，一刺下來，將五位上仙打傷，並將黃龍真人也吊在旗桿上。燃燈趁機逃向西南方，趙公明在後面緊緊追趕。

追到一個山坡上，松下有兩個人在下棋，一位穿青、一位穿紅，一個臉黑、一個臉白。趙公明問他們：「你們是誰？有沒有看見一個老道人？」二人假裝不知，繼續下棋，趙公明把定海珠拿出來要打二人，其中一人叫蕭升，急忙從衣服裡取出一個金錢，名叫「落寶金錢」，金錢一出，定海珠隨著金錢落地，另外一人叫曹寶，連忙搶走定海珠。

趙公明急得暴跳如雷，舉鞭打中蕭升的腦門，打得蕭升腦漿噴出而死。燃燈連忙出來，用乾坤尺打向趙公明，打得趙公明幾乎從老虎身上跌下來，連忙一拍老虎逃走了。

燃燈將曹寶搶的定海珠拿來觀看，高興地說：「定海珠已經失落好久了，原來落在趙公明手中，現在物歸原主，我的修道就也得到圓滿了。」燃燈拿了定海珠，謝了曹寶，埋了蕭升，就又回西岐的蘆篷裡去了。

趙公明逃到三仙島上，來找三位娘娘：雲霄、碧霄、菡芝仙三位姊妹幫忙。雲霄搖搖頭說：「當初大家在碧遊宮已經說好，商紂無道，不能幫助他，你一時性急，做下這些事，恐怕連我們也會上『封神榜』了，這場戰爭本是各個道友的災禍，能避免就盡量避免才好。」

正說著，申公豹也趕來說：「雲霄娘娘，玉虛宮闡教的人，根本不把你們截教的人看在眼裡，你們的道友一個個都被他們害死了，現在十絕陣，已經都快破完了，你們再不去幫忙，眼看截教一點威風都沒有！」

碧霄說：「姊姊，我們去擺黃河陣，跟闡教比個高下！」

菡芝仙說：「姊姊，他們闡教的人要幫助姜子牙，因為姜子牙從前是玉虛宮門下，難道我們不能去幫助聞太師，他是我們截教的朋友！」

雲霄說：「可是，商紂無道，殘害了很多老百姓，元始天尊才派姜子牙下山幫助周武王的！」申公豹說：「現在已經不是當初講的那樣子了，十絕陣現在全都被他們破了，截教從此永遠抬不起頭來！」雲霄說：「我們去勸勸燃燈道長，大家停戰如何？」趙公明說：「你去看看吧，他們不會聽你的。」

三位娘娘來到西岐。第二天雲霄對燃燈說：「燃燈道長，請你歸還趙公明的定海珠，大家就此停戰好嗎？」

燃燈笑道：「不瞞你們說，定海珠本來是我的東西，不知如何落到趙公明手中的，現在物歸原主了，也了了我一生修道的心願。」

趙公明氣得大叫：「難道是我偷了你的不成！」提起縱虎鞭就向燃燈打來，燃燈也飛出乾坤尺，一尺正中趙公明頭頂，趙公明也就被乾坤尺打死了。

碧霄一怒，忙用金蛟剪來剪燃燈，楊戩又放出哮天犬，將碧霄咬傷，而金蛟剪又被一旁的陸壓散人收去了。雲霄這時才氣得雷霆大作地說：「哼！我不肯傷你們，你們倒毫不講理地來傷我的師兄妹，明日我擺出黃河陣，來比個厲害！」

黃河陣內藏著生死機關，神仙進入此陣就成凡人，凡人進入此陣就一命嗚呼。第二天，子牙派楊戩去看陣，被雲霄娘娘的混元金斗吸進黃河陣裡。金吒祭起遁龍柱，也完全無用，也掉入黃河陣。接著木吒也摔入陣裡。三人都是道身，但是在九曲黃河陣裡，完全使不出來。燃燈道人派赤精子去破陣，也一樣摔入黃河陣，接著廣成子、廣法天尊等玉虛門下十二弟子全摔入陣裡。

雲霄心裡非常高興，大叫：「如今月缺難圓，燃燈道人，你也別想逃！」子牙和燃燈都不敢出來應戰，聞太師看見黃河陣如此厲害，也滿心歡喜。

但是，一會兒，大家聽見半空中一陣仙樂，元始天尊和南極仙翁都已到來，子牙和燃燈連忙出蘆篷來迎接他們，雲霄對二位妹子說：「沒想到師伯來了，怎麼辦！」菡芝仙說：「我們尊敬他，是看我們師父的面子，師父要知道闡教的人如何欺負我們，也不會怪我們的！」

燃燈對元始說：「老師！快救好多弟兄們！」元始笑道：「人間這一場戰爭倒把我們仙界搞得混混亂亂了！你們別急，我正在等大師兄來！」

正說著，老子乘牛從半空而來，元始連忙出來迎接，大笑說：「為了管人間閒事，師兄也勞駕了！」二位天尊坐在蘆篷裡，老子說：「你就破了黃河陣吧，何必定等我來。」

說完，老子頭頂上慢慢出現一座玲瓏寶塔。雲霄看見了大驚：「玄都大老爺也來了，糟了！」菡芝仙說：「我們未必怕他！」

老子上了青牛，走到黃河陣前，大呼：「三仙姑快來接駕！」三位娘娘出陣，立而不拜，老子大怒：「妳們好大膽！」就騎牛進陣。

老子進陣看見十二弟子似醉未醒，昏昏失神地東倒西歪，歎一口氣說：「可惜千年功行，一日毀了！」三仙姑看見老子騎牛到陣裡來，閒閒逸逸，完全沒有迷路的樣子，就忙將另一個金蛟剪落下，被老子袖口一迎就收去了。

碧霄又把混元金斗朝老子飛來，老子把風火蒲團往上一丟，命令陣外黃巾力士，將此斗帶回玉虛宮去，三位仙姑只好一不做、二不休，一起下來攻打老子，老子將乾坤圖抖開，命黃巾力士說：「將雲霄裹去，壓在麒麟崖下！」菡芝仙提劍來刺老子，又被老子頂上的寶塔飛起來，一塔打死了。然後老子用中指向地下一指，地下雷鳴一聲，眾弟子突然就醒了，老子完全破了黃河陣。

元始對眾門人說：「你們千年功夫已經廢掉了，得重新修行。」又對楊戩、金吒、木吒說：「你們道術我可以再賜還給你們，以便繼續幫助姜子牙打商紂。」三人磕頭拜謝，二天尊便領著眾道友離去。

聞太師看見姜子牙的道友們不但破了十絕陣，也破了最厲害的黃河陣，一方面派人到朝歌請救兵，一方面連忙整頓軍隊，準備和姜子牙打一場生死戰。

當天晚上，聞太師算準姜子牙會來劫營，果然姜子牙暗暗派了眾將，四面攻營。聞太師率領著眾將和姜子牙大戰，慢慢地，聞太師的部將們都戰死了。聞太師不敢戀戰，只得敗走，一夜敗走七十餘里，一直敗到岐山腳下，姜子牙才鳴金收兵。

聞太師收點了殘敗人馬，心中悶悶不語，就帶著殘兵敗馬，走向佳夢關去。走到桃花嶺的時候，看見嶺上有一面黃旗，旗下正站著一個道人廣成子。

聞太師心中不舒服，就說：「廣成子，你要幹什麼？」廣成子說：「特別在這裡等你，你明知商紂無道，為何還要幫他打姜子牙？現在就不許你過桃花嶺！」

聞太師心中又怒又難過，連忙說：「我現在是兵敗將亡，你們這些道人還要來欺負我，可恨！」

部將辛環對聞太師說：「我們走五關往燕山去吧！」聞太師知道廣成子有番天印，打不過他，就掉轉黑麒麟，往燕山而來。

誰知道，人馬行到燕山，看見太華山上也豎了一面黃旗，旗下站了一個道人赤精子。赤精子對聞太師說：「我奉了燃燈道人的命令，不讓你進五關，你哪裡來，就哪裡去！」

聞太師氣得暴跳大叫：「赤精子，你們道人修道，一點留人生路的胸襟都沒有，商紂雖然無道，我聞太師可是忠心耿耿，為國為民的！我現在雖然兵敗，也要和你拚個死活！」

聞太師騎著黑麒麟衝過來，赤精子連忙取出陰陽鏡，聞太師知道陰陽鏡的厲害，又將黑麒麟一夾，跳出來轉頭逃去，赤精子也沒有追來。

辛環對聞太師說：「兩條路既然都不能走，還是走黃花山，進青龍關去吧！」

聞太師說：「看樣子我想早些回朝歌，重整人馬是很困難了。」就調頭往青龍關走去。

走了半天，看見前面有一支人馬駐在夾道的山路頭。聞太師連忙停止腳步說：「前面必有伏兵。」正說時，哪吒腳踏風火輪，提著火尖鎗大叫：「聞太師，你休想回去，這裡是你歸天的地方！」

聞太師大怒，三隻眼睛都射出金光，罵哪吒說：「你這小妖童，敢藐視天朝大臣！」就縱黑麒麟來和哪吒大戰，辛環等部將也過來圍戰哪吒，不一會，哪吒已刺死另外兩位部將。聞太師見情勢不好，無心戀戰，就奪路逃走，想繞黃花山另外一條路逃回朝歌，沒想到黃天化又阻住了去路，將聞太師的愛將辛環都打傷了。

聞太師又帶著人馬轉東南而去，一路走，一路膽戰心驚，果然山凹裡又飛出個雷震子，拿著金棍朝聞太師頭上打來。辛環連忙來擋駕，被雷震子一棍打死了，聞太師的座騎黑麒麟，也被雷震子打成兩截，聞太師跌下來，連忙借土遁逃去。

聞太師獨自逃到山中，肚子裡非常饑餓，忽然看見一間草房，裡面有位老先生，他就進去討些飯吃，然後問老先生說：「要去青龍關，走哪條路比較近？」老先生用手一指說：「往西南下去，過白鶴墩就是青龍關大路。」

聞太師不知道這位老先生是楊戩變化出來的，目的是要引聞太師走到絕龍嶺來，絕龍嶺將是聞太師歸天的地方。聞太師走了二十里，看見山勢險峻，心裡非常疑惑。猛抬頭，看見一道人站在前面，原來是雲中子，聞太師非常驚慌，雲中子說：「我奉燃燈的命令，在這裡等你很久了。這裡是絕龍嶺，你已走到絕地，還不如早早投降吧！」

聞太師知道自己逃不了，乾脆大笑說：「好吧，你我比比法術吧。」

雲中子說：「你敢來這裡嗎？」就用手發雷，地下長出八根神火柱，按八卦方位排列。

聞太師說：「火中之術，小玩意兒！」就口念避火訣，站到裡面，毫無動靜。

雲中子的神火柱越燒越高，聞太師不想和他久耗，就往上一升，想駕火光逃走。哪知道燃燈道人正等著他，將一個紫色金鉢向聞太師頭上蓋定，聞太師大叫一聲，跌下來，就被火柱燒死了。

聞太師忠心不滅，靈魂借風跑回朝歌。紂王此時正和妲己在鹿臺飲酒。

聞太師老淚縱橫地出現在紂王面前說：「老臣已死，望陛下不要再日日歡樂，現在西岐大戰已敗，姜子牙和周武王就要打進來了，願陛下以社稷國家為重，否則就會大禍臨頭。老臣滿懷深情，但現在已經不能再為陛下效勞了。」說完靈魂只得飄到封神台去。

紂王看見聞太師的靈貌，嚇得要命，妲己在一旁說：「你心裡想他，他才會出現，都是你心裡作祟，聞太師從來都是打勝仗的，這一回怎麼會打敗？陛下如果不相信，趕快派人打聽消息去。」紂王連忙派人去打聽消息，沒想到消息果然是真，紂王心裡非常著急，但是紂王並沒有因此振作，反而更加消沉逃避下去。

【註釋】

①崑崙山：我國山嶺發源總稱，有北、中、南三大支。古籍中的崑崙山，指中支，即從巴顏喀喇山起經甘肅、四川、陝西、河南、安徽等縣的山脈。神話裡被形容為天上玉帝的居所。

②土遁：借土飛逃的意思。在《封神傳》裡，描寫的情形是：向空中撒一把土，便能很快地逃達目的地。《封神傳》裡很多屬於名詞性的想像力，作者並不管是否具體可以實行，是否合理。

③金鰲：鰲，俗寫為鼇，大烏龜。

第六章
能隱能顯姜子牙

第六章　能隱能顯姜子牙

崑崙山玉虛宮闡教教主元始天尊，算了一下天數，知道下界商紂王做惡太多；而且女媧娘娘也傳來了密令，大家要共同輔助西伯侯姬昌扶周滅商，使賢德的君王能夠統治天下，為萬民服務。

這一天，元始坐在八寶雲光座上，叫喚白鶴童子：「請你師叔姜尚來。」白鶴童子找來了姜子牙，元始對他說：「你到崙崑山來修道，多少年了？」

姜子牙行禮回答說：「弟子三十二歲上山，如今已有七十二歲了。」

元始嘆了一口氣說：「你現在必須下山替我去輔助西伯侯姬昌，可是，你必須先嘗盡人間的苦難，才能享受人間的富貴。等你下山封神的工作完成以後，你再回到仙界來！你的命運是屬於人間的，和仙界的緣分淺了些。早早收拾下山吧！」

子牙不願意地說：「弟子真心出家，熬了這麼久的歲月，根本不想再回塵世，也無心貪戀人間富貴！」

元始說：「人間又到了改朝換代的時候了，你早些扶助真主，也好減少老百姓一些苦難。這一場糾紛，還會牽引很多仙界的道友們，我們自會暗中幫助你，你就替我下山，完成封神的工作好了。」

南極仙翁也在一旁安慰子牙說：「子牙，你是個有心人，人間的苦難，也該你下去解決它，封完神以後，你再上山來吧！」

子牙說：「我該回到朝歌老家呢？還是直接到西岐？」

元始說：「你必須從頭做起，回你老家做個普通人吧！」子牙無法推託，也就辭別了元始和南極仙翁，望空撒一把土，借土遁到朝歌來了。

姜子牙從朝歌南門，走了三十五里路，到了老家宋家莊，看見門庭依舊，柳樹綠得婆娑，但是人都不認識了。他走到宋家莊門前，對看門的問：「你員外在家嗎？」看門的說：「你是誰？」子牙說：「你告訴你們員外，說故人姜子牙來訪。」

宋異人正在屋裡算帳，聽見看門的如此說，嚇了一跳，連忙迎出莊外說：「賢弟，多少年不知道你的消息，你到底跑到哪兒去了？」子牙和宋異人握手行禮，進到屋裡坐下。

子牙說：「兄弟生來孤苦，沒有父母兄嫂，長大又半生潦倒，就跑到崑崙山去修道了，可是與仙界的緣分淺薄，又一事無成地回來了。」宋異人說：「你出家去了！你在山上學到些什麼呢？」子牙說：「挑水、澆松、種桃、燒火、搧爐、煉丹。」

宋異人笑著說：「這些都是僕傭做的事，怎麼算修道！我看你既然回來，好好做個事業吧！我跟你既是結拜弟兄，你就在我這裡先住下，慢慢找些事做，不妨也先娶個老婆才好。」子牙搖頭說：「我年歲已大，娶什麼老婆啊，倒是先找些事做做是正理。」子牙就在宋家莊住下了。

第二天宋異人就帶了四錠白金，到馬家莊馬員外家為姜子牙說親，剛好馬員外有個六十八歲的女兒，一直找不到好的對象結婚，馬員外就答應了宋異人。

子牙和馬氏結婚後，馬氏對他說：「你跟宋員外是什麼關係？」子牙說：「我們是從小結拜的弟兄。」馬氏說：「你不能靠著他養我們，你總要做些事，賺些錢才對啊！」子牙說：「賢妻說得對，我上崑崙修道太久了，有點不知做什麼事才好。」馬氏說：「你在修道時難道沒有學做點什麼？」子牙說：「對了！我會編笊籬（ㄓㄠˇ ㄌㄧˊ zhǎo lí）①。」馬氏說：「你就到後園砍些竹子，編笊籬去賣好了。」

子牙就聽她的話，編了一擔笊籬，到朝歌城來賣，從早上到下午沒有賣出一個，天黑了，只好又餓又累地走回家來，來回一共走了七十里路，擔子把他的肩膀都壓腫了。回家來向馬氏抱怨說：「娘子，賣笊籬沒有用啊，賣了半天沒人買，倒是把我的肩頭都壓腫了！」馬氏很生氣地說：「你自己不會賣，反而抱怨，真是無用！」兩人爭吵了起來。

宋異人聽見了，趕快說：「你們何必為這點小事吵架，以後賢弟挑我倉裡的麵粉去賣好了，一定比笊籬好賣！」馬氏聽了很高興，子牙第二天只好挑了一擔乾麵粉，到朝歌去賣。

在朝歌也是賣到快黃昏了，都沒有人買，正在垂頭喪氣地挑擔回家的時候，看見一個人叫：「賣麵粉的，站著！」子牙興奮地想：「要發財了！」就歇下擔子，那人走到面前來，子牙問說：「要多少麵粉？」那人說：「只要一文錢的。」子牙聽了很洩氣，又不好不賣，就去弄一文錢的麵粉給他。

這時候朝歌城的軍馬操練完畢，準備散營回城，一匹馬亂跑過來，將子牙的麵粉擔子撞倒，然後一陣狂風把麵粉吹颳個乾淨。

子牙無可奈何地回到家裡，馬氏看見空擔子，非常高興：「沒想到麵粉這麼好賣！」子牙只好怒氣沖沖地說：「今天倒楣死了，只賣了一文錢，其他麵粉被一匹軍馬踢翻，風給刮乾淨了！你不用高興！」馬氏大怒說：「你真是無用，簡直是飯囊衣架！」子牙聽了心裡難過，想想自己會算卦，不如去朝歌城算卦賺錢。

第二天就去跟宋異人商量，宋異人大喜說：「原來你會算命，到朝歌南門我給你找家民房做命館，你就去開命館吧！」子牙就和宋異人一起找了一所民房，布置起來，兩邊貼著一副對聯說：

一張鐵嘴，識破人間凶與吉；
兩隻怪眼，善觀世上敗和興。

上面有又有一副寫著：

袖裡乾坤大，
壺中日月長。

馬氏看見姜子牙最後還有這個賺錢的本領，心情也就好多了。

一天，有個樵夫挑著一擔柴經過南門，看見子牙的命館，就想嚇唬嚇唬他。走進門來，正看見子牙伏著桌子在打瞌睡，他就把桌子一拍，子牙驚醒說：「先生是要算命？」那人說：「你叫什麼名字。」子牙說：「我姓姜，名尚，字子牙，號飛熊。」那人說：「我姓劉名乾，你給我算件事情，算準了就給你二十文錢，不準就打你一頓，不要在這裡騙人！」子牙說：「你要算什麼？」劉乾大笑說：「你就算我等下會怎麼樣？」

子牙看他眼露凶光，知道這種人很麻煩，就細心地替他算了一卦，然後對他說：「等下你一直往南走，柳樹下會遇到一個老先生，他會給你一百二十文錢，四個點心，兩碗酒喝。」

劉乾說：「你真會胡蓋，我賣柴二十多年，從沒有遇見這種事，你一定不準。」子牙說：「你去，包你準。」

劉乾半信半疑地挑著柴往南走，果然在柳樹下看見一個老先生，對著他叫：「柴來！」劉乾嚇了一跳：「這麼準！」就挑柴過去，老先生說：「你這些柴，要多少錢？」劉乾故意少要二十文，說：「一百文。」老先生說：「好！好！一百文。你替我拿到對面去。」

劉乾就挑了柴送到對面門裡，看見大家都在辦喜事，就把一路上從柴上落下的草葉順便掃乾淨。老先生給他錢時看到了，就說：「你人真好，柴也好，就多給你二十文當賞錢吧！」然後叫家裡的男童說：「拿四個點心、兩碗酒來給這位先生吃喝。」又對劉乾說：「今天是我最小的兒子結婚，你就不要客氣了吧！」

劉乾又驚又喜，拿了錢，吃喝完點心與酒，就飛跑回姜子牙命館來，眾人看見了對子牙說：「你趕快躲起來吧，這劉大會打人的！」子牙說：「包他不會。」劉乾一面跑來，一面叫：「朝歌城出了神仙啦！」引得許多人圍進命館裡來。

劉乾對子牙說：「給你二十文還不能表達我的謝意，我馬上給你拉個生意！」就扯住一位送公文的小兵，對子牙說：「你替他看個卦，五錢銀子一課！」

那小兵很有興趣地說：「我要算算我催的錢糧。」子牙算了一卦就說：「錢糧不必煩惱，等候你多時了，你可得到一百零三錠白銀。」

小兵說：「你怎麼敢連價錢多少都定出來了？」劉乾在一旁說：「他是神仙啊！快拿出五錢銀子來給姜先生！」小兵稱了五錢銀子給姜子牙，怕誤了公事就急急走了。

過了不久，忽然看見小兵飛跑到姜子牙命館門前大叫：「姜先生果然是神仙出世，我拿到了一百零三錠，不多不少！」從此子牙命館的生意鼎盛，轟動朝歌城的軍民。

妲己和紂王想要蓋造鹿臺，必須請一位會看卦、算風水的先生來設計位置，大家就找來姜子牙。子牙到摘星樓拜見紂王，紂王和妲己就把鹿臺的圖樣交給他，要他找個好地方建造。

子牙一看鹿臺工程浩大，勞民傷財，心裡就很感嘆，又不能違抗紂王的命令，就答應下來，紂王還賜給他一個小官銜，當了「下大夫」。

找個好地方建鹿臺，對子牙來說，是件輕而易舉的事情，沒有幾天就找好了，沒想到紂王還叫他監工製造，子牙就對紂王說：「這個鹿臺，建得這麼高，又是玉做的欄杆，瑪瑙做的門窗，想要完工，可能需要十幾年，我看陛下還是不造的好。」

妲己在一旁冷笑：「陛下不要完全聽信一個江湖術士的話，我看他是不想做事！」

紂王聽了大怒：「姜尚，你怎麼可以胡說八道，你必須接下這個工作，否則罪當炮烙！」姜子牙一聽，知道自己失了算計，連忙硬著頭皮跪下說：「臣當奉命，臣當奉命！」紂王才消了怒氣，姜子牙也只好答應監工製造鹿臺的工作。

姜子牙回到家裡後，左思右想，決定逃到西岐去，就對馬氏說：「我如今不想做官了，娘子跟我一起離開朝歌吧！」

馬氏大驚說：「你一個江湖術士，好不容易做了下大夫，不自求多福，還想離開朝歌，要到哪裡去？」

子牙說：「紂王要我造鹿臺，我不願意又不行，我想逃到西岐去。你看紂王整天只知道自己遊樂，不關心天下老百姓的窮苦，我們不值得住在這裡，接受他的統治。」

馬氏很生氣地說：「你真是個沒福氣的人，好不容易做到一個小官，就嫌這嫌那，我生長在朝歌，絕不到他鄉外國去。」

子牙說：「賢妻，你嫁雞怎麼不隨雞飛？夫妻哪裡有分離的道理！」馬氏說：「姜尚，我真受不了你，從今以後，你行你的，我幹我的，你寫一紙休書給我，我和你夫妻的緣分從此了結。」

子牙說：「娘子，你放心，你跟著我去西岐，將來一定會大富大貴的。」馬氏冷笑說：「我不要什麼大富大貴，你去做你的夢，另娶一房有福的夫人吧！」子牙也生氣起來：「你不要後悔！」馬氏說：「我後什麼悔！算我命不好。」

子牙嘆氣道：「你小看了我，也罷！我寫休書給你，唉！世上最毒婦人心！」

馬氏接了休書，完全沒有顧戀的樣子，收拾東西回家去了，姜子牙也收了一個小包袱，向宋異人告別，準備到西岐隱居去。

姜子牙一路逃奔的時候，看見不少老百姓也紛紛逃向西岐，就深深感到元始天尊的話說得不錯，看樣子西伯侯姬昌一定是比紂王賢明，自己去西岐，就是等候機會輔助姬昌伐紂，重新安定天下。

一路上辛辛苦苦，絞盡腦汁，走了一個月，才到了金雞嶺，又走了一個多星期，才到了西岐城。到了西岐以後，聽到姬昌被紂王關在羑里的消息，心裡非常失望，心想可能時機還沒有到，就在渭水邊的磻溪隱居，做個農夫，有空時就去溪邊釣魚。

這天，子牙坐在垂柳下釣魚的時候，有一個粗壯的樵夫擔著柴走過，走過子牙身邊的時候，樵夫將柴擔放下休息，對子牙說：「老先生，我常常看見你在這裡釣魚，請問貴姓大名？」

子牙笑著說：「我姓姜名尚，字子牙，號飛熊。」樵夫聽了大笑說：「你原來號飛熊，好怪的號，令人發笑。」子牙說：「你叫什麼名字？」

樵夫說：「我姓武名吉，從小就在西岐長大，你看起來像是外地來的人。」子牙說：「你眼光很好，我是從朝歌逃來的，想要依附西伯侯姬昌，開創一番事業。」

樵夫又大笑說：「難怪你號飛熊，原來還有這種妄想，我看你又老又乾，像個活猴子！」

子牙故意對他說：「你看我的嘴臉不好，我看你的嘴臉也不怎麼好。」武吉說：「我的嘴臉比你的好，我年輕力壯！」

子牙說：「我不是說這個，我是說你臉上的氣色不怎麼好。」武吉怒氣沖沖地說：「我的氣色有什麼不好？」子牙說：「你左眼青，右眼紅，今日進城打死人。」

武吉大怒說：「老頭子，我跟你說笑話，你怎麼毒口傷人！」子牙說：「絕不是，我是在警告你，你等會兒去城裡，要小心為是！」武吉說：「你真是個討人厭的怪老頭，我沒工夫跟你說閒話！」說完，就挑起柴走了。

武吉挑著柴來西岐城賣，沒想到卻碰到姬昌回國第一次車駕巡城，兩邊侍衛正叫著路邊的行人離開。武吉也連忙躲開，當他掉轉尖擔時，不小心竟一擔打死了一個侍衛，立刻就被其他侍衛抓了起來，送到姬昌面前。

姬昌說：「你叫什麼名字？為何打死人？」武吉連忙說：「我是西岐的善良老百姓，叫武吉，因為躲避車駕，掉轉尖擔時誤打死了人！小人不是故意的。」

姬昌說：「原來如此，但是人命關天，你還是要受罰的，你就畫地為牢吧，監禁你三日，就放你回去。」

紂王時代只有西岐實行「畫地為牢」的方法，人民從不敢逃匿，因為若是人犯逃去，姬昌可以演先天易數，把事情經過推出，使人犯無所逃遁，抓回後，更加倍處罰。

武吉被姬昌畫地為牢，關了三日，心中十分掛念母親，眼淚都掉下來了。第三日出了獄，就飛奔回家，母子抱頭痛哭。武吉對母親說：「我這一場災難，竟然是在磻溪釣魚的那個老頭，預先就告訴我了，他還妄想輔助當今侯王做事呢！」

武吉的母親說：「你別小看那位老先生，他可能是個了不起的人，你明天去向他賠個不是，免得日後會有其他的災禍。」

第二天，武吉來到溪邊，果然又看見姜子牙在釣魚，就連忙行禮叫道：「姜老爺！」子牙看見是武吉，笑笑說：「還好你遇到姬昌，不然你打死人，哪能這麼便宜了事！」武吉嚇得跪在地上說：「姜老爺，小的願意拜老爺為師父。」

子牙說：「也好。你脾氣急躁，心地倒純良。如今天下已經大亂，你每日來我這裡，聽聽教訓、練練武功吧，日後自有用處。」武吉從此很高興地每日打完柴，就來子牙這裡練武功、聽教訓，日後武吉隨著姜子牙南征北討，立功做了大將軍。

姬昌這次車駕巡城以後，回去就夢到飛熊，從此天天到各地拜訪，希望找到夢中的賢人。這一天，姬昌來到渭水的磻溪，沒想到看見武吉，連忙叫住他問：「你知不知道有個叫飛熊的老先生？」武吉馬上高興地說：「他是我的師父，我帶你們去找他。」就帶著姬昌和散宜生走進林裡，到了溪邊竟然沒看見姜子牙，心裡著慌。

姬昌說：「你師父家在哪裡？」武吉又帶著他們走到一個草房前面，結果姜子牙也不在。武吉說：「我師父有時候會下山去替人看病。」散宜生：「主公，我們明天再來吧！」對武吉說：「你等一會兒告訴你師父，明天一大早我們會專程來拜訪他。」武吉連忙叩頭答應。

姜子牙晚上回來，知道姬昌已經找到他了，心裡很高興，準備第二天好好和這位仙界看好的賢主談談，如果彼此投緣，都想替老百姓推翻暴君，那麼他一定為姬昌計劃一切。

第二天，姬昌和散宜生還是兩個人走來林子裡，三人相見，就在草房裡喝茶，談論天下大事，三人的看法非常相同，子牙也覺得姬昌的確誠心請他，就爽快地答應跟姬昌回朝，做姬昌的宰相。

姜子牙做了西伯侯姬昌的宰相以後，對於西岐的老百姓非常照顧，同時也一邊操練軍隊。不久，紂王挖了亞相比干的心，消息傳來西岐，姜子牙就對姬昌說：「紂王真是昏庸了，最忠心的皇叔都遭到這種殘酷的下場，一定使老百姓更加怨恨了。現在四鎮諸侯中只有崇侯虎對紂王效忠，而且他也是個殘暴的人，我們可先征伐崇侯虎，然後連絡其他二鎮，跟天下諸侯約兵到孟津會合，商紂王就會垮台的！」姬昌說：「主意很好，只可惜老百姓要受苦了。」

姜子牙派南宮适、辛甲二大周將，帶兵先征伐崇侯虎，同時又派人寫了一封信給曹州崇侯虎的兄弟崇黑虎，只要崇黑虎不幫助崇侯虎，南宮适他們一定會打勝仗。姜子牙當然算準了崇黑虎的為人，黑虎一向反對紂王的無道，也曾經反對哥哥助紂為虐，是個講仁義的人。果然黑虎接到姜子牙的信後，就派人送信給哥哥，要他和西伯侯姬昌聯合，沒想到崇侯虎大為生氣，認為黑虎幫助外人，沒有手足之情，回信大罵了黑虎一頓，並準備跟姬昌大戰一場。

崇侯虎終於戰敗，連頭都被砍了送來西岐，姬昌獲得大勝雖然高興，想起從前和崇侯虎的交情，內心也不免難過。姜子牙打敗了崇侯虎，準備一關一關攻朝歌，和姬昌把計劃都定了下來，不料姬昌已經太老了，計劃還沒有實行，就害病死去。

死前，姬昌將兒子姬發叫到跟前，當著姜子牙面前說：「我兒，人都不免一死，我死了你不要難過，你要聽我的話，讓姜太公輔助你，才能完成父親的遺志。」說完就安心地死去了，姜子牙就叫姬發自立為武王，尊稱姬昌為文王，正式建國號周，並掛出反商的旗幟，來振奮天下老百姓。

這個消息自然傳到了朝歌，大臣們都很焦急，可是比干慘死以後，沒有人願意去進諫紂王了。直等到聞太師回到朝歌以後，聽到這個消息，才非常焦急，要求紂王改革朝政七件事，紂王答應了五件。此時妲己又害死黃飛虎的夫人賈氏，逼得商朝的一大支柱黃飛虎反商逃走。黃飛虎過關斬將，一家人都投靠西岐來了。姜子牙高興極了，連忙叫武王仍然封黃飛虎鎮國武成王的官位，重用黃飛虎。

聞太師一路氣急敗壞地追趕武成王，卻沒有追上，知道西岐勢力要興旺起來，想先下手為強，便立刻派青龍關守將張桂芳去討伐西岐。

起先，張桂芳靠著一點道術，快要將姜子牙打敗，後來太乙真人派了哪吒下山，才打敗了張桂芳。聞太師一怒之下，也找了自己的道友來助陣。姜子牙看見這種情形，不得不跑一趟崑崙山。

子牙上了崑崙山，走到玉虛宮前，請白鶴童子通報，白鶴童子說：「天尊早知道你要來，請隨我進去。」

元始看見姜子牙說：「幹得很好，你今天上山正好，我已經請南極仙翁準備好了『封神榜』給你，你回岐山，可造一座封神台，台上張掛『封神榜』，等你打完很多場惡戰之後，一些仙界的道友和人間的英雄們，死後都必須給他們的靈魂有個安置，由你按著輕重分配封神，封神完畢後，你一生的事業也就完成了。」

子牙跪著說：「謹遵師命。現在聞太師帶著一些道友來向我挑戰，我實在不知道怎麼應付，求老師指教。」

元始說：「好，我給你一個奇獸四不像去當座騎。南極仙翁等一會兒會送你一條打神鞭，你回西岐前，路上會碰見一個叫柏鑑的人，你收了他，他會幫助你看守封神台及照顧戰爭中不幸的死靈。」

子牙領了師命起身出來，元始又叫住他說：「你出去以後，有人在背後叫你，千萬不可答應他，答應了他，你會遭到更多戰爭的災難！」

子牙出了玉虛宮，南極仙翁給了他「封神榜」及打神鞭，送他到麒麟崖，南極仙翁說：「子牙，要是背後有人叫你，你千萬不可答應他，我不能遠送了。」

南極仙翁剛離開，子牙就聽見背後有人叫他，子牙想：「不可答應他！」那人大叫三遍以後，子牙不應，氣得罵起來：「姜尚！你真是個薄情忘義的人！你如今下山去做了宰相，就大牌起來了！連跟你在玉虛宮學道四十年的師弟也不理！」

子牙一聽知道是師弟申公豹，就想沒有關係的，回過頭來對他說：「兄弟，原來是你叫我，剛才因為天尊吩咐，所以不理你，希望你別生氣！」申公豹說：「你手裡拿的是什麼東西？」子牙說：「是『封神榜』。」

申公豹說：「嗯，天尊特別偏愛你，要你下山去做這麼大的事業，我就在這裡閒得無聊。」子牙說：「賢弟，我才不想下山呢，人間混亂得很，你想去，我去跟天尊說說看，你也可以幫我一臂之力！」

申公豹搖搖頭：「天尊的命令很嚴，你何必去白說！他要你去保周武王，我偏要去保商紂王，我不相信我的道行比你低多少！」

子牙大驚說：「師弟，你今天是怎麼一回事？我去過下界，商紂王實在很無道，老百姓都被他害慘了，並不是天尊特別偏心周武王！我又沒有得罪你，你幹嘛心裡不高興就想和我做對！何況天尊的命令，我們如果不遵守，下場是很可怕的！」

申公豹冷冷一笑說：「哼，你修的不過是五行之術，頂多能移山倒海，哪裡像我，現在已經修得可以將自己的頭取下來，在空中當球玩，玩夠了再接到頸子上，你能嗎？」

子牙又是一驚，說：「真的，師弟，我真不如你。可是一個人道術好固然可貴，講是非仁愛更重要啊！」

申公豹說：「我不愛聽你的教訓，看我的！」就用右手一劍將自己的頭割下來，血也不向外濺，身子也不倒，用左手將頭往空中一擲，那頭盤盤旋旋地向天上遊遠去了，子牙看得呆了。

南極仙翁沒有走遠，看見子牙同申公豹說話，知道申公豹故意害子牙破戒律，他就可以堂皇地下山和子牙拚一拚，就叫白鶴童兒化作一隻仙鶴，將申公豹的頭銜走了。

南極仙翁走過來罵子牙說：「你這個呆子！申公豹在騙你破戒，天尊要你不答應人，你竟答應了他，他這一下可以去幫助商紂王來跟你拚拚了。你們師兄弟要爭鬥，反而惹得下界老百姓遭殃，看樣子你也要死三次，吃更多苦！」又對申公豹說：「你上山修了這麼多年道，還是凡心不死，現在我乾脆先讓你死了算了！」

申公豹聽了，內心焦躁起來，要是再過一時三刻，不把頭接上就會出血死去。子牙看了不免同情他，就向仙翁苦苦哀求：「仙翁，他既是我的師弟，你饒了他吧。何必叫他多年道行，一日而亡！」南極仙翁說：「你饒他，他不饒你，他會挑撥三十六路兵來征伐你，到時候你不要後悔！」子牙說：「可憐他是我四十年的師弟啊！」

南極仙翁搖搖頭就將手一招，白鶴童子將口一張，放下申公豹的頭，頭一落下來，就落在申公豹的頸子上，落得太急了，把臉落得朝著脊背，申公豹連忙將手捏著兩邊耳朵，將頭一磨，才磨正了，心裡又恨又慚愧，就一溜煙地跑掉了。

姜子牙謝了南極仙翁以後，捧定「封神榜」，騎著四不像往西岐而去。經過一個山上的大湖的時候，突然湖水波翻，旋風四起，巨浪間，出現了一個赤條條的人，對著姜子牙大叫：「大仙，我這游魂沉埋了幾千年，還請大仙拯救！」子牙大聲問道：「你是什麼人？」

那人說：「我是從前軒轅黃帝的總兵官②柏鑑，跟蚩尤作戰的時候，被火器打入湖底，一直沒遇到能救我的人，今天大仙經過，救我一救！」

子牙一聽高興地說：「對了，你是柏鑑，你跟我回去製造封神台和看守『封神榜』！」就用手一指，湖水平靜，柏鑑已經被提上岸來。

他們一起騎著四不像，走了好幾十里，走到一座大山下，突然山腳下一股怪雲捲起，出現了一個怪物：頭像駱駝，頸子像鵝，鬚像龍蝦一樣長，兩隻眼睛凸暴起來，足似虎，身子像龍又像豹，把兩人嚇了一跳。

怪物向姜子牙大叫道：「但吃姜尚一塊肉，延壽一千年！」

子牙對柏鑑說：「原來是要吃我的！」柏鑑說：「恩主不要擔心，看我對付牠！」就騰空一跳，騎在龍鬚虎身上，一坐定，不管它如何亂跳都無法將柏鑑摔下來，而且柏鑑的體重越來越加重，龍鬚虎只好就範，向姜子牙哀求道：「都是申公豹害我的！他告訴我，你不久就要經過這裡，他說吃了你的肉，就能延壽一千年。」

子牙說：「你拜我為師，我就饒你。」龍鬚虎伏在地上說：「弟子願意拜老爺為師。」因此，子牙和柏鑑兩人一個騎四不像、一個騎龍鬚虎，很快就回到了西岐。

姜子牙回到相府，叫柏鑑在岐山去監造封神台。他自己帶著龍鬚虎，騎著四不像，提著打神鞭，去會聞太師請來的王魔等四位道友的戰陣，才破了王魔等人的奇獸，接著又破了魔家四將。

聞太師看見姜子牙法術甚高，心裡更加憤怒，又到金鰲島請來更多的道友，來西岐擺十絕陣，想一舉將姜子牙消滅。姜子牙這次差點死了活不回來，幸好元始天尊早吩咐了玉虛門下的道友們來幫助他，才救活了子牙。最後三仙島的三位娘娘，為了報她們的師兄趙公明之死，擺了最厲害的黃河陣，結果連元始、老子都不得不親自下山來破黃河陣，這樣才把聞太師逼上了絕龍嶺，使聞太師老淚縱橫地歸天了。

申公豹聽見聞太師歸天了以後，心中更恨姜子牙，到處去尋找截教的道友們來和子牙敵對。

聞太師死了，朝歌城的紂王心裡非常難過，更加意志消沉，倒是微子出了主意，派三山關總兵鄧九公去打西岐，卻被子牙設計擒服了。紂王便又命冀州侯蘇護去攻打西岐，蘇護根本怨恨紂王，想藉機會歸順子牙，但是他手下有一員大將鄭倫，也學過道術，他可以將手中的鐵棍向空中一擲，後邊立刻會飛來三千烏鴉兵，像一隻長蛇一樣，將人捕捉；同時鼻子會噴出一道白光，吸人魂魄。鄭倫很效忠紂王，蘇護礙於他的情面，一時抓不住主意。

後來申公豹又去九龍島請來了呂岳等道友，來幫助蘇護攻打子牙，呂岳甚至在西岐四周撒了瘟丹，差一點將西岐人民害死，幸好玉鼎真人向神農借了丹藥，叫楊戩帶回西岐，才消除了這場可怕的災難，呂岳因此被打敗逃回九龍島去了。接著申公豹又說動了殷洪和殷郊來幫助蘇護，都被闡教道友一一打敗了，兩位殿下的死靈也都悲哀地飄到了封神台。

姜子牙收了蘇護、鄭倫二將之後，就在西岐城登台拜將，率領軍隊從西岐向朝歌出發。經過金雞嶺的時候，遇到了商紂派來攔截的將軍孔宣，孔宣只要將背後的五色光華旗一抖，所有的人都會昏倒跌下馬來。一直到西方的準提道人來幫助子牙，準提道人把七寶妙樹一刷，頓時讓孔宣現出了原形，原來孔宣是一隻細目紅冠的孔雀，準提道人對子牙說：「我要將牠帶回西土去。」子牙連忙拜謝，大軍這才過了金雞嶺。

子牙領兵到了汜水關，先紮下營帳，並分兵三路，一路取佳夢關，一路取青龍關，一路直攻汜水關。黃飛虎帶著鄧九公、黃明、周紀等人取青龍關。南宮适、洪錦帶著蘇護、蘇全忠等人取佳夢關。姜子牙、鄭倫攻打汜水關韓榮、韓昇兄弟兩人，鄭倫用他的道術一下子就將他們兩人打敗，子牙帶著人馬進了汜水關，並聽武王的命令，厚葬韓榮、韓昇兄弟兩人。

子牙在關上住了三、四日，派人守住汜水關後，就向界牌關打去。截教的道友們本來應該遵守天界的約定，扶周滅商，後來因為聞太師跟截教道友相熟，有些道友在義氣之下，破了截教教主通天教主的戒律，下山幫助聞太師，不幸被元始、老子打敗了，截教弟子們都告向通天教主。

本來通天教主駁斥了自己的弟子，可是聽弟子們談到元始和老子看不起他的情形以後，就答應多寶道人，一起到界牌關排下了誅仙陣。

元始天尊和老子為了幫助姜子牙，也都只好來到界牌關。元始看見通天教主就說：「賢弟，當時我們在你的碧遊宮共商『封神榜』的事情，都同意要扶周滅商，並約定不許弟子妄下凡塵幫助商紂，可是你的弟子屢犯戒，怎麼今日連你也串通一氣來擺這種惡陣！」

通天說：「你說得不錯，我弟子犯了戒規，你為何不問問你自己的門下申公豹，他為何要反對姜子牙和你？我門下弟子死得太多，你們闡教也不看在我的情面上手下留情！現在不必多說廢話，就請二位師兄破破此陣。」

老子在旁一聽，不發一語就騎牛走進了紅光滿天、黑砂滾滾的誅仙陣，並將太極圖抖開，出現一座金橋，又從橋上走入陷仙陣。通天連忙將手裡的雷霆放出，將陷仙陣上的寶劍震動，寶劍直飛向老子頭上，老子用拐杖一打，寶劍完全碎裂。然後老子把頭上的帽子一推，頭上冒出三道白氣，變成三個老子，加上老子自己，四個老子圍著通天打著，通天教主漸漸不能招架，只得逃出陣來。

通天帶著多寶道人逃走，被老子的風火蒲團將多寶道人捲了起來，送到鴻鈞教主的玄都宮，去接受處罰。老子覺得通天雖愛逞強，到底是自己師弟，也就讓他逃走了。同時西方來的準提道人和接引道人破了誅仙陣裡的戮仙門和絕仙門。老子對元始說：「一定有人挑撥通天和我們的感情，才會發生這種事情。」

元始說：「我有個孽徒叫申公豹，找到他，好好教訓他一頓，如今跟師弟打了這一場，怨也結下了，只好由鴻鈞老師來解決了。」兩人謝了西方二位趕來幫助的道人後，就向姜子牙說：「你放心前進吧，我們走了。」姜子牙拜謝不已。

第二天，子牙領兵直指穿雲關，這時青龍關、佳夢關也都已經攻下，黃飛虎和南宮适又跟隨姜子牙來到穿雲關。穿雲關的守將叫徐芳，他早知姜子牙打敗了界牌關的總兵徐蓋，徐芳是徐蓋的弟弟，徐蓋投降子牙後，就自告奮勇地願意去勸說徐芳投降，結果反被徐芳捉住關住牢裡。

徐芳派手下大將龍安吉去和姜子牙對陣，連抓了黃飛虎、南宮适等人。但是最後龍安吉被哪吒破了他的陰陽連環鎖，又被哪吒一鎗刺死。徐芳原是依賴龍安吉的，龍安吉一死，心下大亂沒有了主意，這時呂岳又來幫助徐芳。

呂岳擺了一個瘟癀瘋病，楊戩雖然看出來，但是不知道如何破它。剛好終南山的雲中子下山來幫助姜子牙，雲中子說：「此陣必須要讓你親自去破，你得陷在陣裡一百天，災難滿了你才能出來。」

子牙說：「姜尚不惜一死，聽憑道兄吩咐。」子牙聽了雲中子的話，就親自進入陣裡，呂岳在陣中把瘟癀傘往下一蓋，立刻昏昏黑黑，紅砂飛下，子牙拿著雲中子的杏黃旗擋住以保護身體。

同時哪吒和楊戩在陣外也跟呂岳打得不相上下。徐芳看見呂岳困住了子牙，心裡萬分歡喜，就把黃飛虎、南宮适、徐蓋裝上囚車，派手下方義真押送，準備押解到朝歌請功。方義真快走到潼關的時候，碰見道德真君的門下楊任騎了雲霞獸下山來。楊任的眼睛生得非常古怪，從眼眶中長出兩隻手來，手心裡反有兩隻眼睛，軍士們看見了，都駭住了。楊任跟方義真打了二、三回合以後，楊任取出五火神焰扇，將方義真連人帶馬搧化了。楊任將黃飛虎等人救回西岐，雲中子看見了非常高興，知道楊任來了，就可以破呂岳了。

第二天，楊任跟呂岳進入陣裡，楊任又用扇子一搧，將二十把瘟癀傘搧成灰燼。呂岳逃出陣來，楊任窮追不捨，也用扇子將呂岳搧成灰燼，呂岳的靈魂也往封神台去了。那時子牙在陣裡已經快撐不下去了，雲中子叫武吉將子牙揹回來，子牙看起來好像已經死去，連武王看了都心裡難過，雲中子用丹藥灌入子牙口中，吩咐大家讓他安息三日就會活轉回來。徐芳看見呂岳失敗了，連忙將關守得更緊，但是最後仍被姜子牙攻破了，徐芳不肯投降，只好把他推出去砍了，他的兄長徐蓋心裡也很難過。

子牙帶著兵接著來到潼關，守潼關的總兵官叫余化龍，他有五個兒子叫余達、余兆、余光、余德、余先。子牙和他們打了幾仗以後，余化龍和他五個兒子都被打死了。子牙領兵進關，出榜安民，清查庫藏，也將余化龍等人厚葬。

子牙很順利地破了五關，眼看著打下澠池縣，就可以和天下諸侯會師孟津，共討紂王。不料黃龍真人和玉鼎真人來到，告訴子牙說：「通天教主在前面又擺了萬仙陣，你趕快造一個蘆篷，元始等人也得趕來助陣。」子牙連忙叫哪吒等人去搭建蘆篷。不一會兒燃燈道人、廣成子、普賢真人、慈航道人都來了。大家看見萬仙陣裡門戶很多，殺氣森森，心裡都很憂慮。

黃龍真人跟萬仙陣裡的馬遂打了一仗，馬遂用金箍（ㄍㄨ gū）將黃龍真人的頭箍住了，大家都沒有辦法除掉。直等到元始和南極仙翁到來，才解除了黃龍真人的金箍。

不久，老子騎著青牛而來，金靈聖母對通天教主說：「二位師伯都來了。」通天說：

「如今我跟他們已經是月缺難圓，大家只好見個高下。」

通天教主穿大紅色的白鶴圖案的道衣，騎著奎（ㄎㄨㄟˊ kuí）牛，手執寶劍出陣來，對著元始、老子說：「二位道兄請了！」

老子說：「你擺個太極兩儀四象之陣，準備要殺很多道友是不是？我們已經告到鴻鈞老師那裡去了。」通天說：「你既然識出此陣，破破看！」

結果赤精子、廣成子都被太極陣中的烏雲仙打傷了，幸好準提道人帶著一位童子來，才將烏雲的原形化出，原來是一隻大烏龜，也被準提道人收回西土。廣法天尊又跟太極陣的虬（ㄑㄧㄡˊ qíu）首仙鬥法，最後廣法天尊收服了虬首仙。

普賢真人和兩儀陣內的靈牙仙鬥了好幾回合，又收服了靈牙仙，並使他現出大白象原形，成為普賢真人的座騎。慈航道人又和四象陣金光仙鬥法，金光仙最後現出一隻金毛獅子，也做了慈航道人的座騎了。

龜靈聖母要找廣成子鬥法，被懼留孫阻擾，懼留孫差一點被龜靈聖母打死，西方接引道人帶了白蓮童子來，才將龜靈聖母收服，現出大烏龜的原形。金靈聖母將兩位子牙愛將洪錦夫婦用龍虎如意擊斃。

通天教主帶著手下二十八位道友，齊齊整整，左右盤旋，向元始等人一氣殺將下來。

老子和元始衝入萬仙陣，將通天困住。燃燈道人用定海珠和金靈聖母的龍虎如意互打，結果將金靈打死。廣成子祭起誅仙劍、赤精子祭起戮仙劍、廣法天尊祭起陷仙劍、玉鼎真人祭起絕仙劍，眾人殺得鬼哭神嚎。通天看見自己門下快要敗盡，又看見申公豹逃跑了，心中正想如何退逃，鴻鈞道人來了，大家看見鴻鈞教主，都停了廝殺。

鴻鈞對通天說：「你為何設置這麼兇惡的萬仙陣，讓仙界的道友們都遭了殃！」通天說：「老師，二位師兄對我門下的道友常常欺壓，放縱他們的門人，殺戮我的門人。」

鴻鈞又對元始說：「你是大哥，應該規勸通天，反跟他打起來，你的徒兒申公豹到處挑撥是非，你也要負責任！」又對老子說：「你跟元始的感情好就幫助元始，仙界怎麼跟人間一樣，心地不清淨！」大家都默默無語。

鴻鈞又說：「通天，你跟我回去修道，元始他們幫助姜子牙扶周滅商，本來是天下大義，但是不能鬧得仙界如此大戰，你們都要遵守天下大義。」通天教主不敢違抗，只得跟鴻鈞走了。元始天尊也叫眾道人散了，並命令白鶴童子找申公豹的下落。

姜子牙這才完全收服了潼關，帶著兵向澠池縣前進。朝歌的紂王聽見這個消息，連忙通知澠池縣的總兵張奎好好守住，但是，他仍然沒改掉日日聽歌看舞的習慣。

子牙紮營在澠池縣附近，同時收到東伯侯姜文煥求救兵的書信，連忙了派金吒、木吒二位去幫助東伯侯。第二天，南宮适和張奎的手下王佐大戰，王佐被南宮适手起刀落，斬為二段。黃飛虎與鄭椿大戰，也把鄭椿一鎗刺於馬下。

張奎跟夫人高蘭英說：「孤城危急，要向朝歌請救兵，明天妳我二人好好配合，戰它一場。」第二天，張奎跟子牙手下崇黑虎、黃飛虎、文聘、崔英、蔣雄五將大戰。崇黑虎會道術，故意詐敗逃走，哪知道張奎騎的金睛獸，其快如飛，崇黑虎來不及揭開葫蘆，就被張奎一刀兩段了。這時高蘭英騎著桃花馬出來，從葫蘆裡放出四十九根太陽金針，射住四將雙目，自然一個個被張奎砍死馬下。

姜子牙聽見跟自己出生入死的黃飛虎死了，簡直不能相信，而且崇黑虎如此講大義的朋友，也在小小的澠池縣陣亡，內心痛憤異常。

黃飛彪看見哥哥死去，立即出城跟張奎大戰，想為哥哥報仇，也被張奎砍死。姜子牙立即掛出免戰牌，籌思對策。剛好楊戩督送糧草而來，聽說張奎如此厲害，就想辦法殺害了張奎的座騎。哪吒出來和張奎大戰，張奎不支，用地行之術逃掉了。子牙派土行孫用地行術追趕張奎，沒有追到，土行孫在夾龍山，反被張奎暗算殺死，土行孫的妻子鄧嬋玉也被高蘭英的金針射死。

張奎雖然殺死周營很多大將，但是朝歌的救兵遲遲不來，心裡著急。最後姜子牙用劫營辦法才將澠池縣攻下，雷震子和哪吒打死了高蘭英，張奎用地行術逃走，卻被楊任用兩隻手中的眼睛看住他逃往的方向，懼留孫與韋護合作，才將張奎打死，自然他的靈魂也往封神台去了。

姜子牙克服了澠池縣，只要渡過黃河，就到了孟津，子牙派人到西岐接武王來澠池，大隊人馬一起來到了孟津。東伯侯、南伯侯也率領了各小諸侯來孟津會子牙，大家共推武王為盟主，一起向朝歌進軍。

這時微子啟、微子、箕子都著急地上鹿臺報告紂王，紂王也連續派了很多兵馬想阻住子牙的軍隊，但是為時已晚，一路上老百姓都向周兵送糧開路。商朝的軍隊節節敗退，子牙就一路打進朝歌皇城之下，並向天下公布紂王十大暴政，朝歌的軍民竟然開門歡迎姜子牙的軍隊。紂王只好親自披上甲冑來和周將大戰，紂王雖然勇猛，一個人如何打得過天下諸侯，只好逃到摘星樓自殺了。

姜子牙和武王進了紂王的宮殿，立刻出榜安民，不許軍隊掠取老百姓的財物，並將酒池、肉林拆除，將鹿臺上的寶物分散給有功的軍士。

姜子牙和武王的弟弟周公旦，建了一座天地壇，讓武王接受諸侯的擁戴，登上天地壇，南面而王，做了天下的共主，並且分封姬姓子孫為王，同時也分封了東伯侯、南伯侯以及商朝賢人微子啟等人，有功的軍士們也都得到應得的官位、財物，天下重新安定，老百姓們都非常高興。

這時候，姜子牙成為人人愛戴的英雄，他以前結義的哥哥宋異人已經亡故了，子牙以前的太太馬氏現在嫁了一位鄉下賣菜的張三，張三很高興地跟馬氏說：「你以前的丈夫姜子牙，現在做了大宰相，妳要不要去求他，我們也得一點好處。」馬氏聽了滿臉通紅，說不出任何話來。張三說：「聽說他待人和善，妳去求他，他大概也不會拒絕的。」

馬氏聽了心裡更是難過，仍然不說任何話。等晚上張三睡了以後，馬氏自己收拾乾淨了，哭了一陣子，就上吊自殺了，靈魂也上了封神台。第二天早晨，張三發現，很後悔自己說錯話，只好買了棺木將馬氏埋葬。姜子牙聽到這個消息，心裡也很難過，給了張三一些錢，讓他做個小生意。

姜子牙見朝廷大事已經完畢，便向武王說：「老臣是奉崑崙山師命下山來幫助你的，現在事情已經成功了，老臣必須回西岐封神，封完神，老臣也要回山清淨修行了。」武王百般挽留都挽留不住姜子牙，只好讓他回西岐去了。

子牙借一陣風來到岐山，看守封神台的柏鑑連忙來接子牙，子牙按著五行方位，沐浴更衣，拈香膜拜，獻酒獻花，叫柏鑑將「封神榜」張掛台上。姜子牙左手拿著杏黃旗，右手拿著打神鞭，站在台中央說：

奉元始天尊的命令，這一次人間大戰，引起仙界的混戰，死了不少英靈，大家按照榜上的名字，一一封神就位，全部共封三百六十五位正神，分成雷部、火部、瘟部等八部，柏鑑是所有正神的領袖。

柏鑑聽了連忙拿了引神旗，準備引導諸神。比如黃飛虎被封東嶽泰山天齊仁聖大帝，主管人間吉凶禍福。聞太師被封為九天應元雷神普化天尊，是雷部領袖。呂岳是瘟部正神領袖。最後是申公豹，被封為分水將軍。諸神被封了以後，都各自離台，執行自己的任務去了。

姜子牙做完這事，就回崑崙山上去了，哪吒自然回到太乙真人的地方，楊戩、雷震子也都各回到自己的師父那裡。從此，天下又有了四百多年的安定。

【註釋】

①笊籬：古時一種竹器，很像勺（ㄕㄠˊ sháo）子，可以漉米。

②總兵官：相當於將軍，不是常設的官位。

第七章

修成正果李哪吒

第七章　修成正果李哪吒

陳塘關的總兵管叫李靖，曾經拜過西崑崙度厄真人為師。他的夫人殷氏，已經生了兩個兒子，老大叫金吒、老二叫木吒。現在殷夫人又懷孕了，已經懷了三年零六個月，還沒有生產的跡象，李靖和夫人心裡都很憂急。

李靖對夫人說：「懷了三年多，還不出生，不要是妖怪才好。」夫人難過地說：「我也擔心啊！叫我怎麼辦？」

當天晚上，夫人做夢，夢見一個道人對她說：「夫人快接麟兒！」只見道人將一個東西向她懷裡一送，夫人就猛然驚醒，嚇出一身冷汗。不一會兒，她就感到腹內奇痛，喊醒李靖說：「老爺，我好像要生了。」李靖連忙起身叫家人準備夫人的生產，自己在前廳等候。

李靖一面等，一面擔心吉凶，希望不要生出個怪物，正在這麼想，兩個丫鬟就慌忙跑來說：「老爺，夫人生下一個妖精來了！」李靖一聽，連忙走來臥室，手中拿著一把寶劍，一走進房裡，整個房子都有一團紅氣，充滿異香，地上正滾著一個肉球，像輪子一樣在地上滴溜溜地轉動。

李靖大驚，將肉球一砍，肉球表皮爆破，跳出一個小孩兒來。這時滿地紅光，小孩臉孔生得鮮嫩，左手腕上套了一個金鐲，肚子上還圍著一塊紅綾，這孩兒好奇地滿地亂跑。李靖抱起他來看，分明是個好孩子，不像妖怪，就抱給夫人看，夫人更是疼愛萬分，家人都紛紛向李靖賀喜。

第二天，許多李靖的下屬官員也都來道賀。突然門吏說：「老爺，外面有一道人求見。」李靖從來信奉道門，連忙出外請道人進來，道人也大大方方地走到大廳上坐下。

李靖問說：「師父何處名山？什麼洞府？今日來此，有何指教？」

道人說：「我是乾元山金光洞太乙真人。聽到將軍夫人生了一個公子，特別來賀喜，能否看一看他？」

李靖連忙叫丫鬟將兒子抱出來，道人接在手裡看了一看說：「這個孩子起了名沒有？」

李靖說：「我現在有三個兒子，老大叫金吒，在五龍山雲霄洞文殊廣法天尊那兒修道練功夫；老二叫木吒，在九宮山白鶴洞普賢真人那兒修道練功夫。請老師為這個小兒取個名字，就拜在老師門下。」

道人說：「很好，就叫他哪吒吧，日後有事情發生，我自然會來接他上山，你現在好好撫養他吧。」李靖一面稱謝，一面送道人出門。

過了七年，哪吒已經十歲了，他長得比一般孩童快而高大，不過心性非常頑皮。五月的天氣，在陳塘關已經很熱了，哪吒心裡很煩躁，就來和母親說：「媽媽，我想到關外玩一玩，在家裡熱死了。」殷夫人疼愛地說：「孩子，你想去關外玩，帶一名家將出去，不要玩得太久，今天你父親打完仗會回家來，你可要早些回來。」

那時候東伯侯姜文煥在攻打遊魂關，李靖奉了紂王的命令去幫助遊魂關的守將竇榮。哪吒同家將出了關，越走越熱，看到九河灣邊有一大片柳樹林，就同家將說：「我們去前面柳樹蔭裡涼快一下。」

哪吒到了林裡，走近九河灣，看見綠水滔滔，清風習習，心裡非常舒暢，就解開衣帶，準備跳進河裡洗一個澡。他順便解下肚子上的那塊紅綾，當作手巾沾水洗澡。九河灣靠近東海海口，哪吒不知道身上這塊紅綾是「混天綾」，是太乙真人的寶貝，他將這個寶貝放在水中，一會兒河水全都映紅了，擺一擺，江河就晃動起來；搖一搖，連大海都被震動了。

東海龍王敖光坐在水晶宮裡，覺得宮殿震動，叫左右說：「今天地不該震動，為什麼宮殿搖動？叫巡海夜叉李良去海口看看，是什麼妖怪作怪？」

李良來到海口，向九河灣望來，發現一個小孩子將紅紗巾沾水洗澡，卻把河水照得紅光燦爛，就趕過來叫說：「小孩子，你拿的是什麼東西，把河水映紅，宮殿搖動？」

哪吒回頭一看，看見李良藍色的面孔，巨口獠牙，手中拿著大斧，就罵他：「你是什麼東西？還會說話！」

夜叉分水一躍，將哪吒一手提上岸邊說：「你不要在這裡作怪，趕快回家去！」

哪吒從來沒有受到過別人的叱罵，心裡十分不服氣，就將手腕上的金鐲脫下來，向夜叉頭上一擲，打得李良腦漿流出，立刻死在岸上，哪吒拍手大笑：「什麼妖怪，把我的金鐲都弄髒了。」就拿著金鐲到河裡洗著，哪吒當然不知道這個也是太乙真人的寶貝「乾坤圈」，他在河裡洗這個圈子，差點把水晶宮搖倒。

敖光急得不得了，在一旁的三太子敖丙就說：「父王，我上去看看，到底是什麼事情！」敖丙騎上了逼水獸，提著長戟趕出海口。哪吒看見河口海水波浪翻滾，波浪中有人騎著一頭水獸，全身武裝向他衝來。

敖丙看見李良被打死在岸上，就對哪吒大叫：「什麼人打死我巡海夜叉李良？」哪吒得意地說：「是我！」

敖丙說：「你是什麼人？」哪吒更得意地說：「你連我是誰都不知道？我是陳塘關總兵官李靖的第三個兒子哪吒，我爸爸鎮守此關，我來這裡洗澡，跟你們有什麼相干？」又指著李良屍首說：「他竟然跑來罵我，我當然就打死他了！」

敖丙大怒說：「你膽敢打死他，看我的厲害！」就將長戟向哪吒刺來，哪吒頑皮地一躲說：「你別亂動手，你是什麼人？」敖丙說：「我是東海龍王三太子敖丙，你打死我的部下，我要你償命！」

哪吒笑道：「原來是龍王太子，你敢來打我，不怕我剝你的皮，抽你的筋。」敖丙氣得又是一戟刺來，哪吒順手將混天綾向敖丙丟來，混天綾就把敖丙裹下逼水獸來，哪吒搶前一步，一腳踏住敖丙的頸項，拿著乾坤圈，照敖丙頭上一打，把敖丙的原形打出，是一條龍。

哪吒高興地說：「好，好，打出小龍的真相來了，我將你的筋抽出，做一條龍筋帶給我爸爸當腰帶。」在一旁的家將看見哪吒的神力，早嚇得手足酥軟，只得聽從哪吒的命令，拖著這條龍回到家裡的後花園，也不敢去告訴夫人。

逼水獸逃回水晶宮，告訴龍王說：「陳塘關李靖的兒子哪吒將三太子也打死，拖回家抽筋去了。」

敖光大驚，心中想：「李靖是怎麼一回事，彼此都是道友，一向相安無事，竟敢放縱兒子做壞事，我倒要去問問他！」就化成白衣秀士，來到李靖的帥府。

李靖剛好打完仗回家，非常疲勞，雖然暫時將東伯侯抵擋住了，卻是很辛苦的一仗。正想在內廳休息，忽然聽見家人來報：「老爺，外面有故人敖光拜訪。」李靖連忙整衣到大廳相見。

李靖看見敖光一臉怒氣，忙問：「長兄，多年未見，近來可好？」

敖光怒氣沖沖地說：「你生的好兒子！」李靖疑惑地說：「長兄為何如此說？我有三個兒子，都拜了名山道德之士為師，雖不見得多好，也不是些無賴之輩。」

敖光說：「你還假推不知？你的兒子在九河灣洗澡，故弄法術，差點將水晶宮震倒，又打死我的夜叉，還把我的三兒子打死抽筋……」說著心酸起來。

李靖連忙說：「長兄，我剛回家來，所以不知，大兒子、二兒子都在山上修道，看樣子是哪吒惹的禍！請長兄等一會兒，我去問他母親去。」

李靖回內房對殷夫人說：「哪吒哪裡去了？今日我不在家，就放他出門惹禍去！」殷夫人著急地說：「聽說已經回家來了，在後花園玩。」

李靖說：「看你生的好兒子！」殷夫人忙問：「什麼事？」

李靖說：「他打死故人敖光的三太子！敖光告上門來，真丟我的臉！」就怒氣沖沖到後花園找哪吒，看見哪吒正在一條龍身上抽筋，嚇了一跳，板著臉孔說：「哪吒逆子！你闖了大禍知不知道！」

哪吒看見父親，連忙解釋說：「爸爸，是他們先欺負我，他們本領太差，才被我打死！我正在打一條龍筋帶，給爸爸當腰帶。」李靖奪下哪吒手中的龍筋說：「逆子！出去見你伯父去！龍王是施雨的正神，你卻胡亂將他打死，要給我惹出滅門之禍是不是！」

殷夫人也正好趕出來，看見花園死了一條龍，也嚇得哭出來：「哪吒，我為你懷了三年零六個月的孕，不知受了多少苦，誰知道你是滅門絕戶的禍胎，龍王在外面等你，這可怎麼辦？」李靖哭喪著臉說：「叫哪吒出去，任敖光處罰！」

哪吒才知道自己惹禍了，心裡仍然很不服氣地說：「我就去見龍王，看他有什麼話要說！」

李靖大怒說：「沒有教養的逆子！還在胡說八道！」扯著哪吒到大廳裡，向敖光跪下，李靖對敖光說：「長兄，是我對不起你，三太子在後花園，我派家將送他跟你回去，小兒在此，任你處罰！」

敖光說：「你生出這種惡子，我要向玉帝奏告，由他來處罰！」說完就帶著自己兒子的屍身回去了。

敖光走了，李靖夫婦急得淚如雨下，李靖對哪吒說：「這下完了，我家要遭到上天的懲罰了。」

哪吒看見父母生氣流淚，心裡也很焦急，覺得敖光非常欺負父親，就對父母親說：「我去乾元山金光洞找我的師父想辦法。」李靖說：「也只有這個辦法了。」

哪吒立刻就出了帥府往乾元山去，正看見敖光走到東海口，哪吒心裡不服氣，就飛奔過去，打倒敖光，按住他說：「是你兒子先動手打我的，我的本領比他大，才打死他！他不來惹我，我怎麼會打死他！你現在還要去報告玉帝，害得我爸爸、媽媽不知道怎麼辦？我現在就連你這個老泥鰍也打死算了！」又用手在敖光兩脇之下，抓下四、五十片鱗甲，害得敖光只好哀求說：「饒命！饒命！我不去告你爸爸、媽媽好了。」哪吒才放開手，讓敖光走了。

李靖的家將送敖丙到海邊回來以後，又告訴李靖哪吒打敖光的事情，李靖更是急得叫苦連天。

太乙真人看見哪吒上山，就對哪吒說：「你本來是我的弟子靈珠子，你本性中火氣太暴，要修成正果，必須多加努力。你現在已經打死了二條生命，事情還沒有結束，你就乖乖在我洞裡修煉心性，要約束你頑暴的本性，不要再惹災禍。」

哪吒從此就在乾元洞挑水種地。一日發現後桃園裡有一張弓，他不知道這個弓是乾坤弓，也不知旁邊的三支箭叫震天箭。哪吒從來沒有玩過弓箭，心裡十分驚喜，就把弓拿在手上，取了一支箭搭在弦上，往西南方射射看，這箭一射，就射到骷髏山白骨洞石磯娘娘門下碧雲童子身上。

石磯娘娘一看是震天箭，就帶著彩雲童子來到乾元山，正好看見哪吒手中拿著乾坤弓發呆，就對哪吒說：「哪裡來的壞小子！隨便射死我的童子！」就提著太阿劍趕來打哪吒，哪吒一急，就擲出乾坤圈，沒想到被石磯娘娘收去了；哪吒又連忙丟出混天綾，也被石磯娘娘收到衣袖裡去。

哪吒看了嚇得轉身就跑，跑入洞裡，石磯娘娘追到洞口，太乙真人出來向石磯娘娘行禮說：「哪吒在我洞裡，我一定會處罰他，他將來要被罰下紅塵受刀兵之災，請娘娘息怒。」

石磯娘娘冷笑說：「你也未免太袒護你的弟子了，平日又不好好教訓他，讓他隨便殺人行兇！」

太乙真人說：「他的行兇是不知情，孩童心性好玩的緣故，從今以後我一定好好教訓他。」

石磯說：「我現在就要他的命！」就一劍刺來，太乙真人只好將袖裡的九龍神火罩丟出，才將石磯娘娘罩住。

哪吒在洞口看見，出來對太乙真人說：「師父，你早將這件寶貝給我，我就不怕她了！」

太乙大怒說：「哪吒，你已經給你父母惹了禍，又來給我惹禍，如今不是我在，你哪裡是石磯娘娘的對手！你現在趕快下山去，四海龍王都向玉帝告了你父母，你應該回去替你父母償命！」

哪吒趕回陳塘關家裡的時候，李靖夫婦已經被四海龍王綁住，要解送天庭受罰。哪吒連忙闖進去對大家說：「我一人做事一人當，我打死敖丙、李良，由我來償命，不要連累我的父母！」李靖看見哪吒，忍不住嘆氣：「孽子！孽子！」殷夫人則悲哀得淚流滿面。

哪吒對敖光說：「我就在這裡剖腹、剜（ㄨㄢ wān）腸、剔骨肉，父精母血都還給父母，你們同不同意？」

敖光不相信地說：「你說話要算話！」哪吒便右手提劍，忍痛先砍去一隻手膀，然後自剖其腹，剜腸剔骨，一命嗚呼。殷夫人在一旁看了，已經嚇得昏厥過去，李靖則又愛又恨地只管叫：「孽子！孽子！」四位龍王看見哪吒死了，也就放了李靖夫婦，一起回去了。李靖連忙將哪吒屍骸收攏用棺木盛了埋葬。

哪吒雖然肉身已死，他的魂魄飄飄蕩蕩地來到乾元山，太乙真人看見了，很感傷地對哪吒的魂魄說：「你還不能來乾元山安身，你回陳塘關，託夢給你的母親，要他在翠屏山建一座你的行宮，你接受人間香煙三年，我才能再賜給你形體。」

哪吒只好又飄到母親的夢裡哀求母親：「母親啊，孩兒死得好苦，我現在魂魄沒有棲身的地方，希望母親在翠屏山建個行宮，只要三年香煙，我就能託生天界，還我靈珠子本性了。」

殷夫人醒來，哭著告訴李靖，李靖反而大怒說：「你還哭他！他死了我們固然難過，可是從此反而沒有任何麻煩了！你自己想他，才會做這種夢，別再管他的事了！」殷夫人默默無語。接著數日，都做相同的夢，就瞞著李靖，命家人在翠屏山為哪吒建了一所行宮。

時間匆匆，三年就要滿期的時候，李靖在野馬嶺操練軍隊，回兵經過翠屏山的時候，看見男男女女，扶老攜幼，都到一所宮廟進香。李靖問隨侍的軍士說：「這是哪所宮廟，香火為何如此鼎盛？」軍士說：「半年前，聽說有一個神道在此感應顯聖，老百姓祈福福至，禳（ㄖㄤˊ ráng）患患除，所以香火鼎盛。」

李靖心裡疑惑，就上山去看這座宮廟，一看廟門前一匾寫著「哪吒行宮」，心裡就很生氣。進到廟裡，見哪吒泥身如生，左右站立鬼判，李靖指著哪吒泥身大罵：「畜生！你生前擾害父母，死後愚弄百姓！」罵完，提鞭將哪吒泥身打得粉碎，又傳令火燒廟宇。回到家裡罵夫人說：「你要他活轉回來再來害我們嗎？」

那天，哪吒的魂魄剛好不在行宮，等他回到行宮來，才知道廟宇已被父親燬掉了，就來到陳塘關，大叫：「李靖出來見我！」李靖一聽是哪吒的聲音，就出來大罵道：「你這畜生，你生前作怪，死後還要作怪！你快快離去！」

哪吒魂魄大叫：「父親，我已經析肉還母，析骨還父了，從現在起，已經跟你們毫不相干，你為何如此狠心，打壞我的泥身，讓我的魂魄沒有棲身的地方？不久，我會來報仇的！」

李靖大怒說：「孽子！敢說這種忤逆不孝的話！你怎麼不去找你師父去，老在這裡鬼纏我們！」

哪吒一想不錯，魂魄便又飄飄蕩蕩地來到乾元山，對太乙真人哭訴：「弟子三年香煙要滿，又被父親將泥身打碎，祈望師父憐救。」太乙說：「李靖也太怕你了，好吧，我幫你的忙。」就叫金霞童子，把五蓮池中蓮花摘了二枝，荷葉摘了三張來，真人將花瓣鋪成三才，三張荷葉，按上、中、下排好，用手引著哪吒的魂魄往荷蓮裡一推，喝道：「哪吒不成人形，更待何時！」

只見荷蓮裡金光一閃，跳起一個人來，變成了哪吒的蓮花化身。哪吒連忙拜倒真人腳下說：「師父大恩，弟子永世難忘。父親毀打弟子泥身事，令弟子很傷心，此仇絕難罷休！」

太乙說：「哪吒，我已經賜給你蓮花化身了，你要在我洞裡好好練習武功，不要再去找你父親的麻煩去，天下大亂將至，我還有事情派你去做。」從此太乙天天教導哪吒鎗法，還訓練他腳踏風火二輪，可以一口氣走一、二十里。

一天，太乙發現哪吒離開了乾元山，就連忙通知普賢真人和廣法天尊。哪吒踏著風火二輪，手拿著火尖鎗，跑到陳塘關，在李靖帥府外大叫：「李靖出來見我！」

李靖出來一看是哪吒，連忙大罵：「畜生！你還了魂，還來我這裡做什麼！」哪吒說：「我來報翠屏山的仇恨！」他把手中的鎗一晃，向李靖刺來，李靖連忙招架，父子打了三、五回合，李靖打得汗流浹背，就向東南方向逃走，哪吒踏著風火輪一下子就趕上了，正想鎗刺李靖，突然一個青年出來擋住，他對哪吒大喊：「慢來！你好大的膽子，竟然敢殺父親，快向父親賠罪，否則絕不饒你！」

哪吒也怒叫說：「你是什麼人？來管我的閒事！」那青年說：「我是你二哥，九宮山白鶴洞普賢真人的徒弟木吒！」

哪吒連忙向木吒行禮說：「二哥你聽，我為父親惹了麻煩，也為那個麻煩償了命，我的魂魄要找個地方棲身，父親卻狠狠地打碎了我的泥身，燒毀了我的行宮，你說是我的不是，還是父親的不是？」

木吒說：「天下無不是的父母！」哪吒又說：「既然父親無情，就不能怪兒子不孝！二哥，這不干你的事！你讓開！」他仍然要來刺李靖。木吒就和哪吒打了起來，木吒漸漸打不過哪吒，李靖就趁機逃走了，哪吒丟下木吒，又踏著風火二輪，追趕李靖去。

追到一個山坡上，看見一個道人站在山坡上，就問道人說：「剛才有沒有人過去？」道人說：「他進我的雲霄洞裡去了，你不必追趕他了。」

哪吒說：「你趕快放他出來，要不然，我就打你！」道人說：「你真頑劣！你在別的地方可以撒野，別想在我這裡撒野！」哪吒一聽大怒，不知好歹地將鎗直刺道人，道人從袖中丟出遁龍柱，連著三個金圈，將哪吒頸子，兩隻腳，都圈在金柱上，身子完全動彈不得。

道人對哪吒說：「我是五龍山雲霄洞文殊廣法天尊，我叫我的徒兒金吒好好教訓你一頓！」金吒聽了師父的叫喚，就到天尊面前，天尊說：「你拿我的扁拐替我打！」

金吒領命，就對哪吒說：「我是你的大哥金吒，今天要好好教訓你一頓！」用扁拐把哪吒打得真火齊冒。

天尊問哪吒說：「你服不服氣？」哪吒說：「你們不要管閒事，李靖打得過我，我就服氣！」

天尊說：「畜生！連父親都不叫了，我就叫李靖來制服你！」

天尊跟金吒進入洞裡，放了李靖出來，哪吒在金柱上亂動，李靖用手一指，解開了遁龍柱和哪吒身上的三個金圈，哪吒連忙將鎗一展，向李靖刺來，李靖將手掌一放，一座玲瓏寶塔向哪吒快速罩壓下來，將哪吒壓住。哪吒壓得疼痛，塔裡忽然又燒起火來，哪吒更忍耐不住，大叫饒命。

李靖說：「你還認不認父親？」哪吒連聲說：「老爺，我認了。」

這時，太乙真人也趕過來，將哪吒從玲瓏寶塔裡救了來，對哪吒說：「你既然認了李靖為父親，你就向他叩頭。」哪吒看見李靖手中有玲瓏寶塔，就只好叩頭認父。

這時廣法天尊也來了，太乙對哪吒說：「過來，向你師伯叩頭，謝謝剛才的教訓！」哪吒不敢違抗，就向天尊下拜說：「謝打了。」

太乙對李靖說：「你們父子從此不要再對立了，你們父子三人，以後都要輔助周朝的宰相姜子牙，扶周滅商，事情做完了，都會修成正果。」太乙真人將哪吒又帶回了乾元山。

以後黃家父子有難，太乙真人就叫哪吒下山解救。哪吒將黃家父子送到了金雞嶺，才向黃飛虎等人告別，回到乾元山。

聞太師派了青龍關守將張桂芳，先去攻打西岐，張桂芳帶了十萬人馬，駐紮在西岐南門外五里地方。張桂芳的先鋒將軍風林，也是有道術的，他的口中能吐出黑煙，化成一網，裡面有一粒粒紅珠，鋒利傷人，將武王的弟弟姬叔乾都打死了。

張桂芳也有一種道術，他和黃飛虎打仗的時候，打不過黃飛虎，就對著黃飛虎大叫：「黃飛虎，你不下馬要什麼時候下馬！」黃飛虎竟然就這樣身不由己，跌下馬來，被張桂芳捉住了。接著周紀也被張桂芳大叫：「周紀，你不下馬，要什麼時候下馬！」周紀也被這樣一叫身不由己，跌下馬來，接著南宮适等人都被張桂芳叫下來捉進兵營內。

姜子牙看見這種情形，坐在相府，愁眉苦臉。這時太乙真人又派了哪吒前來。哪吒來到府相，拜見姜子牙說：「弟子是乾元山金光洞太乙真人的徒弟哪吒，特別來幫助你打商紂的！」結果哪吒先和風林對仗，哪吒對風林說：「你是張桂芳嗎？——專門會呼名落馬的人？」風林說：「不是，我是他的先鋒將軍風林。」哪吒說：「饒你不死，你去叫張桂芳出來！」風林大怒，立即從口中噴出黑煙，化成紅珠網向哪吒打來，哪吒丟出混天綾，就將紅珠網裹住了。

風林看見哪吒破了他的法術，連忙想逃，哪吒又丟出乾坤圈，打中風林左肩，打得筋斷骨折，幾乎落馬，風林敗進營內。張桂芳就提鎗出營，看見哪吒說：「踏風火輪的，就是哪吒嗎？」哪吒說：「是！你是誰？是不是最會呼名落馬的張桂芳？」張桂芳不答一語，提鎗來刺，兩人打了三、五回合。

張桂芳突然對著哪吒大叫：「哪吒不下輪來，要到什麼時候下輪！」哪吒也吃了一驚，但把雙腳踏定二輪，沒有跌下來。張桂芳看見哪吒沒有下輪來，大吃一驚，就再大叫一聲，哪吒只是不理，張桂芳又連叫三聲，哪吒大罵說：「我不下來，你還鬼叫什麼，難道要勉強叫我下來！」就丟出乾坤圈來打張桂芳，張桂芳右臂也被打傷敗進營去。

哪吒得勝回營，姜子牙非常高興，就問哪吒說：「他有沒有叫你的名字？」哪吒說：「他叫了我三次，我沒有理他。」大家都很驚奇，認為哪吒一定有某種神力。其實哪吒現在是蓮花化身，不再有平常人的三魂七魄，所以張桂芳叫不下他的魂魄來。從此哪吒就幫助姜子牙，做他的前鋒部將。

姜子牙打敗了聞太師以後，就在西岐登臺拜將，率領軍隊從西岐出發，先克服了金雞嶺攔路的將軍孔宣，然後分兵三路，派黃飛虎打青龍關，南宮适打佳夢關，自己領兵打汜水關。

汜水關的總兵官韓榮曾被哪吒打敗，余化和哪吒更是仇人。余化前次敗回蓬萊山，跟他的師父煉了一口寶刀叫做化血神刀，這次衝著哪吒，非報前仇不可。哪吒當然也不怕他，兩人衝殺了二十回合，余化有點打不過哪吒，就暗暗念咒，將一口化血神刀向哪吒飛去，哪吒沒有提防，中了一刀，好在是蓮花化身，雖受重傷，卻不像凡夫血肉之軀，當場即死。

哪吒中了刀傷，大叫一聲敗回營去，全身只是發抖，無法做聲，子牙看了，心裡非常憂慮。一會兒，有一位道童來見姜子牙，他說：「我奉乾元山太乙真人的命令，前來背哪吒回山養傷。」金霞童子就背起哪吒回到乾元山金光洞裡。後來余化被楊戩打敗，鄭倫又將韓榮、韓昇兄弟打敗，子牙打進了汜水關。

姜子牙接著要打界牌關，通天教主帶領著弟子在界牌關擺了誅仙陣，要和元始天尊、老子大鬥一場。

這時太乙真人也下得山來會誅仙陣，就叫哪吒到跟前來說：「你的傷已經養好，你先下山，我隨後也會趕到，你臨走前，先飲三杯酒，吃三枚棗子。」哪吒謝了太乙真人，連飲了三杯酒，連吃了三枚棗子，就走出洞外，準備踏上風火輪，趕到界牌關。

正準備走的時候，突然左臂一聲響，長出一隻臂膊來；右臂一聲響，也長出一隻臂膊來，一共長出左右共六隻臂膊來，連同原來的兩隻臂膊，共是八條臂膊，而且頭邊又左右各多出一個頭來，共是三個頭。哪吒嚇得目瞪口呆。太乙真人出來說：「好！好！你如今有了三頭八臂，就可以眼觀前後左右，各隻手拿八件不同的兵器，再去幫助姜子牙，就是人間的無敵將軍了！」

哪吒一聽，才轉驚為喜，腳踏風火輪，一會兒就來到了界牌關。守門軍士看見如此怪異的人來了，不敢認，就跑進相府告訴姜子牙：「丞相，外面有個三頭八臂的怪人，長得有點像前鋒將軍哪吒，要不要放他進來。」子牙就叫旁邊的李靖說：「你出去看看。」

聞太師歸天以後，李靖眼看紂王就要垮臺，又多行無道，就帶著金吒、木吒來投奔姜子牙了。李靖出來一看，果然有個三頭八臂的人站在相府之外，李靖說：「你是我那孩兒哪吒嗎？」哪吒一見李靖出來，連忙行禮說：「父親，我正是哪吒！」

李靖說：「你怎麼變成這個樣子？」哪吒說：「是師父叫我飲酒吃棗變的，好變成無敵將軍，攻打商紂。」

李靖說：「好吧，你就跟我同去見姜丞相。」兩人進到相府，姜子牙一看，先是嚇了一跳，經過哪吒解釋，大家都稱嘆不已。

從此哪吒每陣出戰，都先把對方嚇得目瞪口呆，之後打起仗來，前後左右，三頭八臂，一人對付十人，足足有餘。哪吒跟著姜子牙，一直賣力地打了許多仗，直打到商紂王自殺身死，才回到乾元山修成正果，恢復靈珠子清淨的本性。李靖和金吒、木吒也都一一肉身成聖，從凡人變成仙界的道人。

第八章
不甘示弱申公豹

第八章　不甘示弱申公豹

申公豹比姜子牙晚幾年到崑崙山學道，他對於每天澆水、種桃等工作沒有什麼興趣，也不喜歡念經修養心性，只希望學習很多道術，所以元始天尊常常責備他。元始天尊比較喜歡姜子牙，申公豹很不服氣，他認為姜子牙沒有他聰明，也不會很多道術，整天就做些種桃、澆水、搧爐、鍊丹的工作，個性呆呆的，為什麼碰到下界商紂王無道的時機，元始派姜子牙下山扶周滅商而沒有派他下山，他為此向元始抱怨。

元始對他說：「你的道術雖然比你師兄要高明一些，但是你的愛心不夠，應該留在崑崙繼續學道。」申公豹說：「姜師兄做事很糊塗，他不一定能夠完成封神的工作，也不一定會聽從師父的話，師父要是不信，等姜子牙再上山來，我來試他一試，你就曉得了。」

元始說：「你不必跟你的師兄爭，我的命令已經決定了，沒有你爭辯的餘地，你做你的事情去吧。」申公豹說：「師父，你既然偏心他，等他上山來，我要跟他比個高下！」

說完，申公豹就生氣地走出玉虛宮，元始也沒有去理會他。申公豹就下定決心，要跟子牙搗亂，使他扶周滅商的工作永遠不能成功，使他封神的工作也永遠做不到，才能發洩他心中的嫉妒之氣。

申公豹自己是闡教的人，不敢公然背叛闡教。就騎著老虎，四處去找可以和姜子牙敵對的人。他知道聞太師打姜子牙失敗了，他就先去白鹿島，跟截教的道友們說了很多姜子牙的壞話，鼓動他們幫助聞太師擺十絕陣，來打倒姜子牙。姜子牙差一點就在十絕陣裡死去，好在元始、老子都來幫忙破了十絕陣，聞太師也就在絕龍嶺上歸天了。

申公豹的這些行為，元始和老子先都還不知情。等到申公豹知道聞太師絕龍嶺身亡以後，心中更恨姜子牙的順利，不但在夾龍山挑撥土行孫背叛闡教，去和姜子牙打鬥，後來土行孫反被姜子牙收服了。申公豹於是騎著老虎，三山五嶽地到處尋找可以跟姜子牙做對的人，姜子牙越順利，申公豹就越不服氣，他完全不講是非，也不顧師兄弟的感情，只因為嫉妒心太強，自己惹的禍就越來越大，使得元始無法原諒他，也使得他最後走向滅亡的道路。

姜皇后的兩個兒子，也就是紂王的太子殷郊和殿下殷洪，兩人在母親被妲己害死之時，匆匆逃出朝歌。後面是紂王厲害的追兵，眼看著要追上的時候，殷郊被九仙山桃園洞廣成子救去了，殷洪被太華山雲霄洞赤精子救去了。

聞太師歸天以後，紂王派冀州侯蘇護去打姜子牙，蘇護很想投降姜子牙，只因為手下大將鄭倫一時不從，不好公然投降。後來申公豹又說動截教道友呂岳前來幫助蘇護，使得蘇護歸順子牙的心願又拖延了。

等到呂岳的瘟疫被楊戩求玉鼎真人解除了以後，呂岳趁機逃走了。這時赤精子叫門人殷洪到跟前說：「殷洪，你現在可以下山，幫助姜子牙打敗商紂，才能報妲己殺母之仇。」殷洪說：「弟子日夜念報母仇，恨不得立刻下山去幫助姜子牙！」

赤精子又說：「我給你一件紫綬仙衣，可以抵擋任何刀劍，再給你這個陰陽鏡，一半紅、一半白，紅的一晃，便是生路，白的一晃，便是死路，你可用這個寶貝打敗敵人。」

殷洪很高興地穿了紫綬衣，拿了陰陽鏡就要下山，赤精子突然有點不放心，就叫住殷洪說：「殷洪，你雖然是紂王的親生兒子，可是紂王為了妲己對你沒有一點父子之情，又對天下老百姓殘酷無道，你千萬不可中途變心！」

殷洪說：「老師救了弟子一命，弟子不敢違背師命！」赤精子說：「你若誠心，就發個誓來！」

殷洪說：「弟子如果變心，讓我以後四肢俱成飛灰！」赤精子說：「好，你去吧！」

殷洪下山，在半路用陰陽鏡收了兩位手下，三人正在路上走的等候，申公豹跨虎而來。殷洪看見是個道人，就問說：「道長貴姓？」申公豹說：「我與你師父都是玉虛門下。」殷洪行禮說：「師叔，有何指教？」申公豹說：「我是申公豹。你現在要到哪裡去？」

殷洪說：「我奉師父赤精子的命令，去西岐幫助姜子牙。」申公豹故意問：「你可是紂王的兒子殷殿下吧？」殷洪說：「是的。」

申公豹說：「世間哪有兒子幫助他人來打父親的道理！」

殷洪說：「紂王寵信妲己，殺了我的母親，還要追殺我呢！是他先不講父子之情。如今天下人都心歸西岐，我當然要聽老師的命令，去幫助姜子牙。」

申公豹笑道：「你的老師太不會替你想了，你父親紂王被打敗了，你是成湯的後代，對你有什麼好處呢？你應該幫助蘇護打敗姜子牙，那時你父親一定會後悔從前對你做的錯事，又會讓你做王子呢！」

殷洪一聽，有些動心，但是又說：「我已經向老師發了誓。」申公豹說：「成大業要緊，發誓事小啊！」

殷洪又說：「蘇護的女兒妲己就是殺我母親的仇人啊！我怎麼能去幫助他！」申公豹說：「你先打敗姜子牙，以後再殺蘇護、妲己還不遲，別忘了，你是商朝的子孫呢！」殷洪終於被申公豹說動了，投向蘇護，對抗姜子牙。蘇護看見呂岳失敗了，本想趁機勸鄭倫歸降，沒想到殷洪一來，歸降的事便又擱下來了。

殷洪拿了陰陽鏡，穿了紫綬衣，將黃飛虎父子二人一下子就活捉住了，連哪吒、楊戩都打不過他，看見了陰陽鏡都趕快逃走，弄得子牙兵殘將敗。由於黃飛虎救過殷洪兄弟，所以殷洪也放了黃飛虎父子回營。黃飛虎告訴楊戩說殷洪拿的是陰陽鏡，楊戩就趕快借土遁到太華山見赤精子，赤精子才知道殷洪變了心。

赤精子跟楊戩來到西岐，第二天就喊殷洪出來，殷洪一看見老師就很害怕，連忙說：「老師在上，父子同命，本來是人間的道理，老師為何一定要我幫助姜子牙呢？」

赤精子說：「不是幫助姜子牙個人，是為了天下老百姓！你曾發下重誓，說過永不變心的！」

殷洪看見赤精子前來用劍砍他，一時情急就拿出陰陽鏡，赤精子一看見陰陽鏡也就借金光法逃進營內，姜子牙陣內人人好不愁悶。

殷洪看見老師也怕陰陽鏡，膽子更大了，不將違抗師命當成一回事。正好此時慈航道人來到西岐，進營裡將老子的太極圖交給赤精子，說第二天可用此圖對付殷洪。赤精子知道太極圖的厲害，不忍心用來毀滅殷洪，可是第二天，殷洪得意地在帳外挑戰，已完全不把老師放在眼裡了。

赤精子一面眼裡落淚，一面生氣地出來對殷洪說：「可惜啊！可惜！恐怕上天要罰你應誓了！」就對殷洪抖開太極圖，太極圖中出現一座金橋，子牙故意走上金橋對殷洪說：「你敢來追我嗎？」殷洪大笑說：「我現在連老師都不怕了，何況是你！」就趕到橋邊，上了橋進入太極圖。

太極圖能生無窮變化，使上了此圖的人，心無定見，百事湧上心來，殷洪突然覺得恍恍惚惚，好像做夢一般，心中一想：「是不是有伏兵？」立即一大群伏兵殺來，殷洪和他們大殺一陣。心中又想起朝歌，立即朝歌城出現。他進了後宮，看見姨母楊娘娘，他叫她，她不理。

殷洪在太極圖裡，如夢如痴，心想百事，百事即至，心想何物，何物便現。赤精子看見殷洪在圖中逐漸筋疲力竭，突然聽見殷洪大叫：「母親救我！」太極圖生起一陣風，殷洪連人帶馬，化作飛灰不見，他的靈魂也飄到封神台去了。

赤精子看見殷洪化為灰燼，放聲大哭：「我的門人如此下場，真正痛煞我也！從此以後太華山再也不收任何門人弟子！」慈航勸道：「也是殷洪心志不堅的緣故啊！」

再說殷郊，他在九仙山桃園洞廣成子那兒修道。廣成子這天心中忽然一動，用手指算一算，知道殷郊劫數已到。就叫殷郊來跟前說：「你跟我學道久了，現在要派你下山去幫助姜子牙打商紂王。你是紂王的親生兒子，又是太子，我恐怕你中途變心，會惹殺身之禍，所以預先警告你，下山後一定要幫助姜子牙。」

殷郊說：「紂王雖然是我的父親，老師要我下山除掉無道昏君，正是弟子的心願，請老師不要多慮。」

廣成子說：「我將番天印、落魂鐘、雌雄劍都給你，你不要一時改了念頭，反遭災難！」

殷郊說：「我跟老師學道多年，已經深明天下大義，為老百姓除無道昏君乃是天下大義，我若是改了念頭，願意接受犁鋤分屍的罪！」

廣成子說：「啊呀，你發下這種重誓，千萬要遵守自己的誓言啊！」殷郊說：「師父，你可以放千萬個心。」

殷郊就離開了九仙山，向西岐而來，不幸半路上，跟殷洪一樣遇見了申公豹，申公豹反反覆覆地勸說殷郊，殷郊果然心生疑惑，失了主意。後來申公豹告訴殷郊，說殷洪慘死姜子牙手下，他應該為弟弟報仇，殷郊心裡竟被他說動了，就帶著番天印、落魂鐘、雌雄劍來向姜子牙挑戰，把姜子牙手下殺得沒有人招架得住，連廣成子都收服不了他。

直到文殊廣法天尊來到，用青蓮寶色藍旗，才將番天印接住，殷郊看見番天印無效，連忙向一個山上逃去，結果又碰到燃燈道人，燃燈道人的杏黃旗也使得番天印打不下來。最後殷郊被逼到一座山上，前面無路可通，就用番天印打通了一條山路，剛往山路走過，山頭兩邊都是周兵從頂上捲下來，後面又是燃燈道人堵住。

殷郊的頭方冒出山尖，燃燈就用手一合，兩山頭一擠，將殷郊身子夾在山裡，廣成子一面叫武吉拿了犁鋤而來，一面對殷郊流著淚說：「殷郊同殷洪一樣，對紂王仍有父子之情，對天下的大義守不住！我的門下竟遭到這種天譴！我以後也不願意再收門徒了！」

武吉一直等廣成子的命令，燃燈見廣成子不忍心，便對武吉說：「動手吧！殷郊自己發的重誓，怪不得誰！」可憐殷郊跟他的弟弟殷洪一樣，就這樣死了，靈魂自然也向封神台上飄去了。

廣成子和赤精子都將申公豹害了他們的門徒的事，告到元始天尊那裡去。在姜子牙派南宮适攻打佳夢關的時候，申公豹又去說動了丘鳴山火靈聖母來幫助佳夢關的守將胡升，火靈聖母利用一塊金罩，方圓可罩住十餘丈的地方，使別人看不見她，她可以看見別人。

洪錦和南宮适都打不過她，就向姜子牙求救，姜子牙便將汜水關的軍務交給李靖管理，自己來和火靈聖母對仗，差一點就被火靈聖母砍下頭來，幸好廣成子趕到，才用番天印打死了火靈聖母，她的靈魂也飄到封神台去。

子牙別了廣成子，回到西岐，在路上覺得一陣大風，忽然看見申公豹騎虎而來，子牙連忙將四不像趕到茂林中躲起來。申公豹說：「姜子牙！我看見你了！你不必躲。」

子牙只好出來說：「賢弟哪裡去？」

申公豹說：「我特別來會你，那天南極仙翁幫助你，今日我倆一對一，見個高下！」

子牙說：「師弟，我跟你本來沒有什麼仇恨！你為何老要向我挑戰？」

申公豹說：「你不必推託，我們之間，事情已經太多了，我不願意讓你那麼順利地進五關就是了。」說完就拿著寶劍往子牙頭上砍來，子牙以劍擋住。

子牙說：「師弟，我們同屬一門，不要彼此為了小事傷和氣！」

申公豹說：「你先叫南極仙翁殺我，又故意在我面前替我求情，假裝你有情義！」

子牙大怒：「申公豹，我是師兄，所以老是讓你，可並不是怕你，我也不怕別人說我不仁不義，你不要欺人太甚！」就和申公豹打了起來。

子牙沒想到申公豹帶來了開天珠，申公豹一珠打中子牙後心，子牙就從四不像上摔下來。這時夾龍山飛龍洞懼留孫道人大叫：「申公豹，少無禮！我在這裡！」申公豹一看懼留孫拿著綑仙繩趕來，想要逃走，卻已經被綑仙繩綑住了。

申公豹被懼留孫壓在麒麟崖下，並派人到玉虛宮請來了元始天尊。元始對申公豹說：「孽徒！姜尚跟你有什麼仇恨！你去找三山五岳的道人來害他？你為何不守天下大義，到處挑撥是非，陷害生靈？」

申公豹大叫：「師父總是偏向姜尚，對弟子無情無義！」

元始大怒：「你從來不檢討你自己，反說我偏心，讓你永遠壓在麒麟崖下吧！」說完，和懼留孫就要離去，申公豹大叫：「師父救命，弟子願意改過自新。」

元始說：「我如何信得過你？」

申公豹說：「師父放我出來，以後再也不去阻礙姜尚了，如果再阻礙姜尚，弟子願意將身子塞了北海眼！」

元始說：「好吧，你發下這種重誓，我就放了你，你好好回山修道。」元始於是放了申公豹，同懼留孫去救子牙，子牙已經被開天珠打死了，元始找了仙藥給他服下，三日後才活轉回來。

申公豹逃了這場災難以後，心裡並沒有真正悔悟。他跑到碧遊宮通天教主那兒去告狀，通天對他說：「姜尚是我們闡、截二教共同商議出來的人，到下界去扶周滅商和封神，如果我截教的弟子犯了戒去打姜尚，他們遭到殺身之禍也是活該。」

申公豹說：「我師父說你的門下都是些獸類、羽類，說你收徒弟沒有選擇，品類混雜，不成根器。」

通天說：「我不相信元始會說這種話，我跟羽類、獸類相並，有什麼不好？」

申公豹說：「我是元始門徒，就是聽了他這些話，心裡不舒服，才來告訴你的，你的門徒被殺了很多，你不在意，我也沒什麼話可說。」

在一旁的多寶道人以及截教的很多門人聽了，個個都很憤怒。多寶道人說：「老師，玉虛門下非常囂張，常常看我們不起，老師倒是一心一意對待玉虛，哪裡知道他們私下根本瞧不起你！」

金靈聖母說：「老師不出來主持公道，弟子我們更沒有臉在道友面前來往了。」

通天說：「你們要我如何主持公道？」

多寶道人說：「你可在界牌關排下老師拿手的誅仙陣給闡教看看，到時候元始、老子都會來，你可以當面跟他們理論一番！」通天聽聽，也有道理，就帶著弟子們到界牌關擺了誅仙陣，通天便和元始、老子結下了仇怨。

通天教主的誅仙陣被元始、老子破了之後，他心裡不服氣，又在潼關再擺了個萬仙陣，硬是要和老子、元始決個高下。結果鴻鈞道人趕來了，把元始、老子、通天三人都各罵了一頓，鴻鈞道人還取出三粒丹藥給元始、老子、通天三人服下，並說：「此藥不是卻病長生之物，你們若有一位再不遵守天下大義，違背師門，會立刻念發身亡。」三人伏在地上叩頭謝罪，鴻鈞先帶著通天走了。

元始回到玉虛宮，叫白鶴童子去擒拿申公豹。申公豹這時才有點後悔，到處逃躲。白鶴童子抓了很久，抓不到申公豹，元始便帶著兩個黃巾力士，騎著九龍獸親自去抓申公豹，由白鶴童子做前導。

一天，大家追到麒麟崖的時候，白鶴童子看見了前面逃躲的申公豹，元始連忙將手中的如意拋下，將申公豹騎的老虎打死，兩個黃巾力士將申公豹拿到元始面前。元始說：「師門不幸，教出你這種徒弟，也罷！你曾經發下重誓，還記得吧？」申公豹低頭無語。

元始說：「黃巾力士，將我的蒲團捲起他來，拿他去塞北海眼吧！」黃巾力士立即用蒲團將申公豹捲起走了。元始對白鶴童子說：「可憐申公豹四十年道行，一日化為灰燼，他死了，他的師兄姜尚還會給他封神，唉！申公豹嫉妒姜尚的心理太重，看不清事實，才會陷害這麼多生靈，落得這種下場。」

第九章 千變萬化楊戩

第九章　千變萬化楊戩

楊戩從小家裡很窮，生了病沒有錢可醫治，玉泉山金霞洞的玉鼎真人就把他帶回山上養育。現在他已經十八歲了，修成了道身，尤其懂得變化的幻術。

這一天，玉鼎真人心中忽然一動，用手指算了一下，知道姜子牙在西岐被魔家四將圍困得動彈不了，必須有一位會幻術的人去幫助他，才能打敗魔家四將。玉鼎真人就對楊戩說：「你的功夫也不錯了，你現在就下山到西岐去幫助你師叔姜子牙去，他目前很危險，等你跟著他扶周滅商的工作完成以後，你再上山來。」楊戩對玉鼎真人行禮說：「我照著師父的話去做。」

玉鼎真人又說：「你父母在朝歌附近的楊家村住，他們又老又窮，你可以暗中幫他們一點忙，但不要讓他們知道你是誰。他們以為你早就死了，你小時候生了病沒有錢醫治，你父母以為你要死了，就把你丟到森林裡，恰好我走過，救了你。」

楊戩說：「我以為我是孤兒呢！原來我還有爸爸媽媽，我一定暗中照顧他們。」玉鼎真人說：「這樣很好。你已經跟凡人不同了，你的幻術只能幫助姜子牙打仗，不能用在別的地方，要不然你會受到懲罰的。」楊戩說：「師父不必擔心，弟子一定遵照您的話去做。」

楊戩來到西岐，拜見了子牙，子牙將魔家四將的厲害全說給他聽，楊戩說：「明日去掉免戰牌，我去試試看。」第二天，楊戩穿著道袍，騎著白馬，手拿著長鎗，跟魔家四將會戰。

魔禮青說：「來的是什麼人？」楊戩說：「是姜丞相的師侄楊戩。」魔禮青說：「你真不知道我們的厲害，叫你死無葬身之地！」兩人先用兵器打了二、三回合，一旁的魔禮壽暗暗放出花狐貂，化成一隻白象，張開血盆大口，把楊戩吞了去。

一旁軍士們連忙逃回帳府內報告姜子牙：「楊戩被花狐貂吃了。」姜子牙聽了更加鬱鬱不樂。魔家四將看見姜子牙又掛起免戰牌，就得勝回營。

四人商量說：「姜子牙沒什麼能力了！我們只要把四弟的花狐貂放進西岐城，叫牠吃了姜尚，吞了武王，就能立刻班師凱旋，回京領賞了，何必在這裡跟姜尚苦鬥。」

到了晚上，他們就將花狐貂放出去，叫牠到西岐城吃姜尚去。花狐貂一飛出營帳，楊戩就在花狐貂的肚子裡，將它的心臟捏住，花狐貂大叫一聲就跌倒地上，吐出楊戩，楊戩早已將牠的心臟捏碎了。楊戩隨身一變，就變成花狐貂跑回營帳裡來，魔家四將看見花狐貂沒有吃人竟跑回來，感覺十分奇怪。魔禮壽說：「姜尚不知用什麼方法將牠打回來了，也罷，明天我們不管他掛什麼免戰牌，我們都殺進去。」

晚上楊戩趁魔家四將睡著了，就偷偷將四將帳上的三件寶貝：青雲劍、混元傘、風火琵琶，全部偷回姜子牙的營帳裡去。魔家四將早晨起來，一看寶貝全都被偷去了，急得暴跳如雷，咬牙切齒地到姜子牙帳府前大叫。

姜子牙知道魔家四將的寶貝都被楊戩偷來了，就揭去免戰牌，派黃飛虎帶著楊戩、哪吒等人出營和魔家四將打鬥，楊戩搖身一變，竟然變成花狐貂將魔禮壽的手咬了下來，魔家四將才知道是楊戩變化偷他們的寶貝，氣得要命，四將馬上都趕過來圍著楊戩衝來殺去。這時候黃天化也奉了道德真君的命令，帶著許多長七寸五分的攢心釘，下山來幫助楊戩，一出手就把魔家四將打死了。

楊戩跟著姜子牙，經常使出變化的能力，解救西岐的危難。趙公明曾經用定海珠來幫助聞太師打姜子牙，將黃龍真人捉了去，吊在旗桿上羞辱闡教的道友。還好靠著楊戩晚上變成一隻飛蟻，飛到黃龍真人的耳邊，悄悄告訴黃龍真人說：「師叔，弟子楊戩來救你！」就把吊著黃龍真人的繩子咬斷，救了黃龍真人回來。

聞太師兵敗想逃回朝歌，到處都被姜子牙派的部將以及闡教的道友們阻攔，最後獨自一人逃到山中時，楊戩竟變出一間老百姓的草房，自己變成一位老先生，讓聞太師來討飯吃，楊戩騙聞太師走上絕龍嶺，使他逃不出絕龍嶺歸天的命運。

聞太師兵敗歸天以後，紂王又派了冀州侯蘇護來打姜子牙，申公豹也說動了截教道友呂岳，下山來幫助蘇護。呂岳先被楊戩、哪吒打成重傷，心中怨恨，竟用瘟丹，撒向西岐城，滿城老百姓都一個接著一個感染瘟疫，弄得西岐城哀嚎一片，最後連武王和姜子牙都染上了瘟疫。只有哪吒是蓮花化身，不會感染，楊戩道身能夠元功變化，也不感染，但是看見這種情形，兩人心中都十分慌急。

呂岳對蘇護的手下大將鄭倫說：「西岐城看樣子快奄奄一息了，我們帶兵衝進城去，一定會打敗他們。」鄭倫連忙調動軍隊，準備衝進西岐城。哪吒看見鄭倫的軍隊衝向西岐城，很著急地告訴楊戩：「糟了！我們兩人怎能夠打退大軍呢？」楊戩說：「不忙，我有暫時退兵的方法！」

楊戩連忙把土與草抓了兩把，望空中一撒，喝聲「疾」！草土就變成彪形大漢的兵士，在城頭上耀武揚威。鄭倫衝近西岐城的時候，看見城上人馬如此威武，心裡疑惑，反而不敢攻城，就將大軍停下來。

楊戩看見鄭倫的軍隊停住了，就對哪吒說：「我的這些泥草之人，只能救眼下之急，不能長久，我去找我師父去！你在這裡好好守城吧。」楊戩到玉泉山找到玉鼎真人以後，真人叫他去火雲洞拜見三聖大師。

火雲洞的三聖就是天、地、人三皇，天皇是伏羲帝，地皇是燧人帝，人皇是神農帝。神農看見楊戩急急地拜求著，就對他說：「我有可以救瘟疫的丹藥，你只要用水化開，用楊枝細細地灑遍西岐城，三日以後瘟疫就沒有了。」

楊戩帶著丹藥回到西岐城，跟哪吒兩人，將丹藥水用楊枝細細地到處灑滿了西岐城。呂岳在鄭倫的營中說：「已經三日了，西岐城的人就算不死，也沒有力氣打仗，你應該趁這個大好機會，殺進去！」鄭倫出營，看見城上幾乎又沒有了人馬，就帶著軍隊衝殺過來。楊戩連忙將他的哮天犬放出來，這哮天犬是玉鼎真人的寶貝，咬人一口，當場即死。楊戩又立刻變出一軍人馬，出城來和鄭倫大戰，哪吒和楊戩兩人圍著打鄭倫，自然很快將鄭倫打敗了，西岐的危難又暫時解除。

第四天以後，武王和姜子牙的瘟病先好了，老百姓的瘟病一個接著一個好了，楊戩和哪吒終於鬆了一口氣。呂岳因為鄭倫打敗了，心裡不服氣，出營向楊戩挑戰，一看城門上坐著姜子牙，旁邊是雷震子、金吒、木吒、龍鬚虎等站立，才知道西岐城已經解除了瘟疫，心下氣怒。

金吒上前已把遁龍柱祭在空中，木吒又將吳鉤劍飛射過來，呂岳趕忙將金眼駝一拍，騰雲逃走，卻已經躲不住吳鉤劍，被劍砍下一隻膀臂，呂岳趕忙負痛逃走，到他的九龍島上練他的瘟癀傘去了。以後申公豹說動了殷洪、殷郊二人，違背他們師父的命令，下山幫助蘇護打姜子牙，最後都被姜子牙的道友們收伏了，蘇護才帶著鄭倫歸順了姜子牙，幫著姜子牙攻打商紂王。

姜子牙分兵攻打下佳夢關和青龍關以後，汜水關的韓榮更為著急，他的手下大將余化，為了報哪吒救黃飛虎的前仇，燒煉了一件寶物，叫化血神刀，砍了哪吒一刀。接著雷震子和余化打鬥，他的風雷二翅也被化血神刀傷了一刀，跟哪吒一樣顫抖不止。楊戩看見傷口中血水如墨，知道是刀上帶有劇毒，但不知道是什麼毒物？

第二天就故意和余化對仗，幻出一隻手臂，故意讓余化砍了一刀，然後帶著傷臂到玉泉山來見玉鼎真人，玉鼎真人一看，就說：「這種劇毒連我也解救不得！你必須到蓬萊島一氣仙余元那裡，騙他的丹藥。」說完又附著楊戩的耳朵悄悄教他如何騙余元。

楊戩領命，就往蓬萊山來了，故意搖身一變，變成余化的模樣，看見一氣仙余元就倒身下拜說：「弟子的化血神刀傷了哪吒和雷震子以後，又和楊戩對仗，沒想到弟子的化血神刀被他一指，反把刀指回來，傷了弟子一隻臂膀，望老師救治。」

余元說：「楊戩有這種本事？我拿一粒丹藥給你服下，傷立刻會好，你先回去，我一會兒也到汜水關幫你打敗楊戩。」楊戩假裝服下丹藥就急忙趕回來，將自己的丹藥來救雷震子，將雷震子救好了。余元趕來汜水關見了余化，才知道自己被楊戩騙了，馬上出陣，指名要楊戩出來對陣。

余元騎的五雲駝，非常快速，他跟余化兩人將姜子牙等人打得團團轉。土行孫想偷他的五雲駝反被他捉住，放進如意袋裡，用火燒他，幸虧土行孫的師父懼留孫來救他，才免了土行孫一死。懼留孫又用綑仙繩才將余元、余化二人綑住，同時陸壓道人又用他的葫蘆，將余元、余化收了去。最後，鄭倫用他的道術，鼻內噴出一道白光，將汜水關守將韓榮兄弟兩人吸下馬來，攻進了汜水關。

姜子牙在孟津大會諸侯以後，帶領諸侯的軍隊，向朝歌城進軍，紂王派袁洪帶著高明、高覺兩個棋盤山的桃精、柳鬼來阻攔姜子牙的軍隊。子牙派三頭八臂的哪吒打高明、高覺。哪吒的乾坤圈打中高覺頂門，卻打出一片金光。哪吒又用九龍神火罩把高明罩住，燒得高明也一片金光。哪吒以為得勝，回營告訴子牙，大家都非常高興。結果第二天，高明、高覺又來挑戰，袁洪也跟著出來助陣，哪吒跟李靖一塊出來迎戰，兩人明明將他們三人打敗，結果三人竟都化作金光、白光逃走。

子牙對大家說：「這些恐怕是妖精，我們按著八卦方位，用烏雞、黑狗血、釘桃柱、作符咒來拿拿他們看。」結果全被高明、高覺偷聽了去，子牙的符咒一點兒也沒用。楊戩對子牙說：「我到一個地方求救去。」子牙說：「到哪裡去？」楊戩說：「不能說，不能說。」高明、高覺遠遠地聽見楊戩和子牙商量，可是楊戩沒說出地方，他們想楊戩大概也不知要到什麼地方去，故弄玄虛不說，就不太留意。

楊戩自然去找玉鼎真人，玉鼎真人跟他說：「這兩個是棋盤山的桃精、柳鬼。桃樹、柳樹的老根盤旋了三十里，已經成氣成精了，可以到處作怪。棋盤山還有座軒轅廟，廟內有兩座泥作的鬼使，一叫千里眼，一叫順風耳，一個能目觀千里，一個能耳聽千里，千里之外，就不能視聽了。你可叫姜子牙去搗毀鬼使，挖絕他們的盤根，就會成功了。」

楊戩回營來，子牙問他：「你求到方法沒有？」楊戩搖頭不語。子牙說：「那怎麼辦？」楊戩說：「我不能說，你跟著我做就是了。」就命令一千名士兵擂鼓鳴鑼，然後才告訴姜子牙去棋盤山挖根打鬼。高明、高覺二人聽見子牙軍中打鼓鳴鑼，覺得很奇怪。

第二天，子牙帶著雷震子、楊戩和高明、高覺大戰，同時派李靖、哪吒去棋盤山將二鬼泥身打碎，又挖出桃、柳的盤根，放火燒成灰燼，高明、高覺兩人才被子牙的打神鞭打死了，靈魂也上了封神台。

袁洪又招了常昊和吳龍兩位妖精來和子牙打鬥，子牙一時打不過，又叫楊戩去打聽他們的底細。楊戩向雲中子借來了照妖鏡，在打鬥的時候，用照妖鏡一照常昊，原來是條大白蛇，常昊被照妖鏡照出原形來以後，馬上逃隱而去。楊戩立刻變成一條有翅膀的大蜈蚣，飛在白蛇頭上，將蛇頭剪成兩段，常昊死去。

接著楊戩來照吳龍，吳龍正和哪吒打鬥，楊戩一照，原來是一條蜈蚣，楊戩又化成一隻五色大雄雞，將蜈蚣啄成數段，吳龍死去。

袁洪連著失去四位手下，心裡很憂悶。沒想到有一個大巨人鄔文化來投門下，和袁洪商量晚上打劫周營。等到深夜兩三點的時候，鄔文化領頭，將營門衝垮，子牙沒有料到，大家在亂軍中連忙披甲來迎戰，周營被殺得哭聲一片。楊戩守在糧倉前面，忽然看見鄔文化巨大的身體，正衝到糧倉面前，楊戩搖身變成比鄔文化更巨大的巨人，鄔文化一看，才嚇得魂不附體，向後飛跑。楊戩將他趕到一個山口內，又用草變成一支軍隊，放火將他在山口內燒死了。

袁洪看見楊戩這麼厲害，又去招來了梅山四怪，結果還是被楊戩在作戰的時候，用照妖鏡一一照出原形，一個是豬精、一個是羊精、一個是狗精、一個是牛精，加上原來的大白蛇、蜈蚣，梅山六怪全都被楊戩除去了，單剩下袁洪一個。

袁洪只好親自來和楊戩挑戰，袁洪想騙楊戩到梅山，就故意化作一道白光向梅山逃去，楊戩也借土遁追蹤到梅山。袁洪變成了一塊怪石立在路旁，楊戩定神觀看，隨即變成一個石匠，手拿著石鎚上前去鎚石，袁洪立刻又化作白光而逃。楊戩追到一處深谷，忽然谷中一聲響，千百隻猴兒都竄出來亂打楊戩，楊戩打不過又借土遁逃下山，下山的時候，遠遠看見女媧娘娘駕臨。女媧對楊戩說：「我給你一個寶貝，你才能收伏此怪。」就把一幅山河社稷圖交給楊戩，楊戩叩頭拜謝，又轉回頭上梅山，將山河社稷圖掛在梅山一株大樹上。

袁洪帶了千百隻猴兒又來打楊戩，楊戩連忙轉身逃走，故意向山河社稷圖走去，山河社稷圖立刻幻成另一座高山，袁洪不知道，帶著猴兒們也上了這座高山。袁洪一上了這座高山，原形立即現出，原來是一隻白猿，這座高山滿山都是桃樹，樹上全是香味四溢的桃子，袁洪不但自己被迷惑住，眾猴兒也都欣喜欲狂，大吃桃子，袁洪也禁不住吃了一個大桃子，吃完袁洪跟眾猴兒全都腰身酥軟了。楊戩很輕易地就把袁洪抓住，用繩子綑住。

楊戩謝了女媧娘娘，將山河社稷圖還給女媧娘娘，自己帶著白猿到子牙營裡，子牙看了大喜，決定將白猿推出去斬首。楊戩砍白猿一刀，只見猴頭落下地來，但頸子上一點血也沒有，反沖出一道清氣，頸子上長出一朵白蓮花，白蓮花一放一收，又是一個猴頭，楊戩連砍了幾次，都是這樣，連忙去報告子牙，子牙不覺心生憐憫，就出來對白猿說：「你能採天地的靈氣，煉日月的精華，才有今天的道行，如果你以後不再到人間作怪，我就饒你一命。」白猿連連叩頭，子牙就放他歸山了。

姜子牙帶兵到朝歌城下時，楊戩想到自己住在鄉下的父母親，就變成一隻麻雀飛到楊家村來，然後又變成一個普通少年的模樣，打聽他父母親的下落。原來他父母親正依賴著他的大哥生活，他不敢露出自己的身分，故意說要到朝歌城做買賣，借住他們家裡一個晚上。

他的父母親現在六十多歲了，哥哥也三十歲，家裡只有幾畝山田，生活很苦。他就拿了一些銀子給哥哥，要他娶個嫂子，但是他臨走的時候，並沒有露出他的身分。楊戩道體早已修鍊成功了，人間的感傷對他沒有多少影響，他覺得這樣做已經算是幫了他父母一點兒忙，就匆匆趕回姜子牙身邊。

商紂王在摘星樓自殺了以後，子牙派楊戩去抓妲己。妲己跟著九頭雉雞精與玉石琵琶精一起逃走，在路上被女媧娘娘阻擋下來，女媧收了三妖之後，任楊戩將妲己抓去見子牙。妲己哀求子牙饒命，子牙看見她長得太漂亮了，怕她活著繼續妖容惑眾，就用陸壓道人的葫蘆將妲己殺死。楊戩又隨著姜子牙回岐山封神，等姜子牙封神完畢以後，楊戩跟哪吒一樣，向姜子牙拜別，自己回玉泉山去了。

第十章
地行仙土行孫

第十章　地行仙土行孫

聞太師在絕龍嶺身亡之後，申公豹含恨來到夾龍山飛龍洞，忽然看見山崖上有一個小矮人在跳著玩。他跨下虎背，對這位面如土色的矮子說：「你是什麼人？」土行孫反問他說：「你又是什麼人？」申公豹說：「我是闡教的申公豹。」土行孫趕快行禮說：「你是我師叔，我師父是懼留孫，我是他的弟子土行孫。」

申公豹又問：「你練功夫多久了？」土行孫說：「二十多年了。」

申公豹說：「你想不想下山享受人間富貴？」土行孫說：「什麼是人間富貴。」申公豹說：「披蟒腰玉，嬌妻美妾啊。」

土行孫連忙問：「如何得到這些呢？」申公豹說：「你可到三山關鄧九公那兒去投

靠，我可以給你推薦，你把你的本事顯給我看看。」

土行孫說：「我能地行千里。」說完將身子一扭，立刻就不見了，不一會兒，又從土裡鑽出來。

申公豹看了大為高興，又對土行孫說：「你師父有綑仙繩，你帶兩根下山去，更能成功立業。」土行孫說：「那容易。」就進洞裡偷了師父的綑仙繩跟申公豹走了。

申公豹將土行孫介紹給鄧九公以後，自己就離開了。鄧九公已經接到紂王的命令，要起兵攻打姜子牙，看見土行孫矮小的樣子，從心裡就不太看得起他，只叫他去督運糧草。

鄧九公將守關的責任先交給孔宣將軍照管，自己帶兵去攻打西岐，跟姜子牙打了好幾仗，最後被哪吒的乾坤圈打傷了左臂。

鄧九公有個女兒，叫鄧嬋玉，看見父親受傷，心裡惱怒，就出陣向哪吒挑戰，哪吒看見是一個女將，自然不放在眼裡。兩人打了三、五回合，鄧嬋玉把馬一撥，虛砍一刀就假裝敗走，哪吒緊追不捨，沒想到鄧嬋玉回手一石，打在哪吒臉上，打得哪吒鼻歪嘴腫，痛得敗回營府內。

黃天化看見哪吒被一個女將打敗，有點不以為然，就出營跟鄧嬋玉拚戰。鄧嬋玉仍回手一石，把黃天化的臉也打成重傷，敗回營府，兩人互相笑話。

楊戩為了防備鄧嬋玉的石子，就帶著龍鬚虎一起去向她挑戰，鄧嬋玉回手一石將龍鬚虎打傷了頸子，又一石也打中楊戩的臉上，卻被楊戩放出的哮天犬咬去了一塊肉，負痛逃回營裡。鄧九公自己的傷還沒有好，看見女兒受了傷，心裡更為焦急，傳了很多醫生，都醫不好，土行孫就毛遂自薦，用一粒丹藥將鄧九公和鄧嬋玉的傷治好了。鄧九公這才知道土行孫有本領，忙升他為前鋒將軍。

土行孫做了前鋒將軍，立刻向哪吒挑戰。哪吒踏在風火輪上，出來看來看去，看不見什麼人，因為土行孫身高只有四尺多，哪吒不往下看是看不到他的。土行孫大叫：「來的是哪吒嗎？」

哪吒才往下一看，原來是個矮子，手上還拿著一根鐵棍，哪吒大笑不止，把火尖鎗往下一刺，沒想到土行孫一跳躲過，只在哪吒腳前腳後亂跳，把哪吒跳得滿身是汗。哪吒一不小心，腳上被打了一棍，跌下風火輪，土行孫跳到他後面，在他的腿間又打了一棍，哪吒氣得擲出乾坤圈，卻沒想到土行孫已經放出綑仙繩，將哪吒綑住，拿回營裡去。

姜子牙聽到這個消息，大為震驚，又馬上派黃天化出陣，結果也是因為土行孫太矮，身子靈活，黃天仙打不到他，他祭起綑仙繩也將黃天化捉住了。哪吒和黃天化兩人在牢房內只好相對苦笑。

鄧九公看見土行孫連連立大功，馬上排酒席慶賀他，兩人吃酒吃到深夜，鄧九公酒後一時歡喜對土行孫說：「你如果能抓住姜尚，我們就大功告成了，我就招你為女婿。」土行孫知道鄧嬋玉長得很漂亮，心裡狂喜不已，一夜難眠。

第二天，土行孫興高采烈地要姜子牙出戰，楊戩便陪姜子牙一起來跟土行孫打鬥，土行孫跟他們打不到三、五回合，就祭起綑仙繩，向姜子牙套來，楊戩連忙替身過來，楊戩就被捉住了，姜子牙連忙逃進營府裡去。土行孫叫兵士們抬著楊戩，剛抬到營門，抬架塌了，倒在地下，大家一看，楊戩不見了，變成一塊石頭。土行孫一看，連忙用鐵棍來打，楊戩又變回來招架土行孫，暗暗放出哮天犬，土行孫一看，將身子一扭就不見了。

楊戩回到營府去，面有憂色對子牙說：「我們麻煩大了，土行孫會地行之術，他要是暗進城來，防不勝防！」

子牙說：「這可要小心提防。」

楊戩又說：「今天我仔細看看被綑的繩子，好像是綑仙繩，我去夾龍山飛龍洞找懼留孫師伯去。」

子牙說：「懼留孫怎麼會害我們？」

楊戩說：「其中一定有緣故。」子牙說：「你暫時留在府內，說不定土行孫今晚就會暗進城來。」

果然，土行孫為了早日成功可以娶到鄧嬋玉，就對鄧九公說：「我今夜暗進城去，殺了武王，姜尚也是一樣。」鄧九公說：「西岐有楊戩這種會變化的人，你也要小心為是。」

當夜，土行孫果然將身子在地下到處行走，找到武王的寢宮，就將身子鑽上來，土行孫小心提刀，上了龍床，將武王的頭就割下來，看見旁邊陪侍的妃子睡得正熟，就將武王的頭擱在一邊，用手抱著妃子戲弄，結果妃子大叫一聲：「好小子，你當我是誰？」土行孫一看，原來是楊戩，正想逃，已經被楊戩牢牢地用胳膀夾住了。

楊戩夾著土行孫來見姜子牙，子牙說：「推出去斬了吧。」楊戩小心翼翼地夾著他，在轉手用刀的時候，土行孫往下一掙，腳方沾地就不見了，楊戩只是白費了一番力氣。楊戩對子牙說：「看樣子他一時不敢暗中再進城來，我去夾龍山一趟。」

楊戩到了夾龍山，拜見了懼留孫說：「師伯，你的綑仙繩是不是不見了？」懼留孫慌忙地說：「你怎麼知道？」

楊戩便將土行孫的情形說了一遍，懼留孫連忙檢查綑仙繩，果然少了兩根，大怒說：「土行孫是我的門下，好畜生！竟敢偷我的綑仙繩，私自下山，我跟你到西岐去。」

第二天，姜子牙便向鄧九公挑戰，土行孫出來迎戰，他又祭起綑仙繩，結果綑仙繩竟然不落下來，又連忙祭起另一根綑仙繩，也不見落下來。土行孫抬頭一看，原來師父躲在雲光裡，連忙向地下一鑽，卻被懼留孫用手指一指，地變得如鐵塊一般硬，土行孫鑽不下去，才被懼留孫捉住了。

懼留孫帶他到子牙的營府裡，大罵土行孫：「畜生！你為什麼偷我的綑仙繩來打你師叔！」土行孫才知道申公豹騙了他，只好全盤說出申公豹教他的一番話。

懼留孫說：「本來要好好處罰你一頓，現在你將功抵罪，就留在姜子牙這裡幫他打仗！」土行孫連忙低頭認罪，又說：「弟子實在凡心已動，愛上了鄧九公的女兒鄧嬋玉，而且弟子跟著鄧九公一起打仗，他待弟子很好，弟子不忍打他，願師父包涵成全。」

姜子牙說：「師兄，我倒有條妙計，叫土行孫可以和鄧嬋玉結婚，只要土行孫一切聽我的話去做。」土行孫連忙向姜子牙叩頭拜謝說：「只要師叔成全我的婚姻，我一定言聽計從。」懼留孫看到這種情形，嘆了一口氣說：「你這畜生，沒有仙界的福分，就成全你人間的美夢吧！」說完，懼留孫就回夾龍山去了。

鄧九公眼見土行孫被姜子牙的道友抓去了，覺得自己不是姜子牙的對手，正在籌思對策，守門的軍士來報告說：「西岐上大夫散宜生求見。」鄧九公更是莫名其妙，但仍請了散宜生進來。

散宜生從容地對鄧九公說：「土行孫是懼留孫的門下，被申公豹騙到你的麾下做將軍，現在他被師父命令歸順了姜子牙，一心一意想娶你的女兒，希望元帥不要因為彼此敵對而推卻才好。」

鄧九公連忙說：「想娶我的女兒，怎麼可以答應他，何況他現在歸順了你們！」散宜生說：「土行孫說，元帥曾經親口答應過他，元帥應該說話算話。我們姜丞相，很早就敬重元帥的將才，不如兩邊做成親家，也免了一場戰爭。當今紂王是自作孽不可活，聰明人都看得出他就要敗亡了。願元帥再三想一想。」

鄧九公心裡很納悶，突然靈機一動，就說：「那麼就請你們姜丞相親自來我這兒議親如何？這樣才看得出你們的誠心。」散宜生說：「我這就回去報告丞相。」說完就回到西岐相府裡告訴姜子牙。

子牙說：「明日我們準備好，我就帶土行孫一塊兒過去。」子牙安排了軍隊接應埋伏，也叫楊戩陪同前去。

第二天，子牙、散宜生、楊戩、土行孫都來到鄧酒公營門前，鄧九公派人接他們入營來，土行孫送上了一車禮物，鄧九公也都接收下來。當他們正在安排酒席，彼此商量結婚事宜的時候，營帳外一聲砲響，鄧九公預先埋伏的三百名刀斧手衝進帳來砍殺姜子牙。好在子牙們早有防備，楊戩放哮天犬，各人都手拿武器戰鬥，土行孫早衝到營後面去捉鄧嬋玉，子牙事先安排好的接應也衝進來大打出手，彼此陷入一場混戰。

最後，鄧九公抵抗不住，出了營帳想帶女兒逃走，看見女兒已被土行孫用繩綑住，綁在馬上逃出營外了。鄧九公只好帶了一隊自己親信的兵隊，衝出營門逃走，本指望設計捉拿姜子牙，現在反而中了子牙的算計，賠掉了女兒。

土行孫擄了鄧嬋玉回到西岐城以後，立刻就要成親，鄧嬋玉當然含淚不許，土行孫無論怎麼安慰都沒有用，鄧嬋玉一直罵土行孫說：「你賣主求榮，我怎麼願意嫁給你這樣一個矮子！」

土行孫一氣就說：「我是被申公豹騙到妳父親那兒，我雖然矮小，也是個有本領的人，也不見得配不上妳，何況我真心愛妳！我認為我們兩人是有緣分的！」

說完就上前一把摟住鄧嬋玉，鄧嬋玉嚇得花容失色，連忙抗拒說：「如果你真心要我，不能用強暴手段，也要等我勸回我的父親，一起歸順子牙，再由我父親出面舉行結婚典禮，這樣也不遲啊！」

土行孫仍然抱得她緊緊地說：「我如何能相信妳？我雖然不願意強迫妳？萬一妳見了

妳父親又變了卦怎麼辦？」

鄧嬋玉哭著說：「我此身已經願意屬於將軍，我現在人在西岐，如何能變卦？我既然在你們這裡，願意歸順你們，我的父親若是知道了，也會來投向你們這邊的。」

土行孫聽了這番話，就放了鄧嬋玉說：「賢妻既然如此說，我也就不用強迫了。妳就快寫封信給妳父親吧。」

鄧嬋玉只好含淚寫了一封勸降書給父親。從此土行孫對鄧嬋玉表現得更為尊敬愛護，使鄧嬋玉的心裡漸漸好過起來。姜子牙也很稱讚土行孫的做法，果然沒有幾天，鄧九公帶著殘兵來歸順了姜子牙，使得姜子牙滿心歡喜，大家熱熱鬧鬧地替土行孫和鄧嬋玉辦好了結婚大典。

從此鄧九公和土行孫夫婦都變成了姜子牙得力的部將。鄧九公歸順了西岐，朝歌紂王又派冀州侯蘇護來攻打西岐，打了好幾場惡仗之後，蘇護也兵敗歸順了姜子牙。姜子牙便登臺拜將，三路分兵攻打商紂王。

黃飛虎帶著鄧九公、黃天祥等人攻打青龍關，青龍關守將丘引手下有一個會道術的將軍陳奇，陳奇會把嘴一張，噴出肚內的黃氣，就把對方吸下馬來。這種本領，跟蘇護手下大將鄭倫一樣，鄭倫的鼻子能噴出一道白光來，把對方噴下馬來，他們倆以後稱為「哼哈二將」。

鄧九公和黃天祥打青龍關的時候，都被陳奇哈出的黃氣打下馬，而且一個被一刀砍了頭，一個被一刀刺死在地上。

黃飛虎看見兒子黃天祥死了，心裡傷心至極。鄧嬋玉在汜水關聽到爸爸被陳奇刺死，傷心地對子牙說：「請丞相准許我前去為父親報仇。」

土行孫督糧回到汜水關，聽見鄧嬋玉去了青龍關，連忙地行千里趕上。夫妻二人到了青龍關，第二天就出戰陳奇，陳奇看見土行孫矮小也大笑不止，等到發現土行孫往來小巧便宜，反而不能打勝，就對著土行孫哈出一道黃氣，土行孫站不住，倒在地上被陳奇拿住，冷不防鄧嬋玉發出一石，將陳奇的嘴唇牙齒都打落了，土行孫也趁機往地上一掙，沿土遁走了。

陳奇負傷回營，丘引知道周營有異人來打，心上開始著急。姜子牙知道陳奇能哈，早已派鄭倫前來助陣，土行孫告訴鄭倫說：「他和你不同，他是口內噴出一道黃氣來，把人立刻噴倒。」

鄭倫說：「真是稀奇，我以為我的哼法天下無雙，沒想到還有個哈將軍！」

陳奇因為嘴部受傷，丘引掛了好幾日免戰牌，等陳奇好了，才來和鄭倫對戰。鄭倫騎了金睛獸，提了降魔杵，帶著三千烏鴉兵出營，陳奇也是騎金睛獸，帶著一隊鈎套索的三千虎豹兵來迎戰。鄭倫說：「今日我倆來比比異術！」兩人先互打了幾回合，接著鄭倫鼻子哼出兩道白光，陳奇嘴裡哈出一道黃氣，陳奇跌倒在地上，鄭倫也跌下馬來，各自的兵士連忙搶回各自的主將，大家看兩位哼哈將軍，打得不分勝負，都覺得有趣。當天晚上，土行孫帶領眾人裡應外合劫營，將陳奇、丘引都打敗了，青龍關也就攻破了。

土行孫靠他的地行術，逃過不少次被殺頭的惡運，最後在澠池縣碰上了他的對手張奎。張奎夫婦也是一個會地行術，一個能使出葫蘆裡四十九根太陽金針。張奎和哪吒對戰的時候，哪吒使出了九龍神火罩，將張奎罩住，哪吒收起神火罩的時候看不見張奎，以為張奎已經被燒死了，沒想到張奎也會地行術，趁機逃跑了。

張奎想用地行術來劫殺姜子牙的軍營，沒想到巡營的楊任看見了，楊任眼睛長出兩隻手掌，掌中生有兩隻眼睛，一隻眼睛可以隨手上看天庭，一隻眼睛可以隨手下看地底，兩雙手並齊又可以中看人間千里。楊任才趕快報告子牙，並對著地下張奎說：「張奎，別跑，我已經看見你了。」張奎知道被人發覺，連忙逃走，子牙便派土行孫追張奎。土行孫一日可地行千里，張奎一日可地行一千五百里，因此追他不上。

子牙對土行孫說：「以前你的師父可以治你，想也可以治他，你快去求你師父去。」

張奎知道土行孫去找懼留孫去了，很怕懼留孫來治他，就先行到夾龍山崖，潛伏著等土行孫，土行孫到了夾龍崖，從土中鑽出來，因為回到老家，心裡正高興。卻沒有防到張奎的暗算，被張奎一刀砍死了，靈魂去了封神台。

鄧嬋玉聽見土行孫遭到張奎的暗算，哭得很傷心，就去向張奎挑戰。鄧嬋玉當然打不過張奎夫婦二人，被張奎的太太高蘭英用太陽金針，先刺瞎了雙眼，然後被張奎一刀殺死了，靈魂也去了封神台。子牙在澠池縣不但喪失了土行孫夫婦，也喪失了愛將黃飛虎、黃飛彪兄弟二人，心裡著實傷痛。

懼留孫知道土行孫死了，心裡又感傷又氣憤，不知道世上還有個比自己門下更會地行術的張奎，就來子牙這裡要為土行孫報仇。張奎知道懼留孫的厲害，就先叫夫人高蘭英逃走，沒想到半途被哪吒和雷震子兩人追上殺死了。

懼留孫帶著楊任和韋護來追張奎。張奎以地行術往黃河岸邊跑，楊任和韋護一個用手看著張奎，一個拿著降魔杵準備張奎一旦鑽出來，就往他打下，兩人都騎著雲霞獸追趕，懼留孫在雲中隨著楊任的手跟蹤著。張奎往左邊逃，楊任的手就往左邊指，張奎往右邊逃，楊任的手就往右邊指，張奎又不敢鑽出土來，因為地上有韋護在等他，天上有懼留孫要拿他。張奎沒有辦法，只好往前逃走，逃著逃著，已經逃到黃河口了。

懼留孫用手指向河岸一指，地底四邊完全硬得像鐵塊一般，半步都撞不動，張奎只好鑽出土來，韋護立即一杵將他打死了，他的靈魂也往封神台上去了。姜子牙損兵折將地破了澠池縣，大軍終於到了孟津，跟天下諸侯會合，最後逼得商紂王在摘星樓自殺，使武王建立周王朝，重新安定天下。

第十一章
其餘小故事

第十一章　其餘小故事

方弼、方相

姜皇后被妲己陷害死的時候，她的兩個兒子殷郊與殷洪急忙往宮外逃走，黃妃和楊妃都暗中幫助他們兩人，叫他們去找比干和黃飛虎幫忙。

兩人逃到宮外時，正碰上黃飛虎，黃飛虎問道：「二位殿下為何如此慌張？」兄弟兩人抱住黃飛虎大哭：「黃將軍救我兄弟性命！」黃飛虎已知道事情的大概，也知道目前紂王派人抓他們兄弟兩人，正想找人帶他們逃出京城，方弼和方相兄弟兩人就自告奮勇地帶著他們逃跑了。

方弼、方相保護著二位殿下逃了一、二日，知道後面有殷破敗、雷開帶著大兵追來，兩人商議好了，就對殷郊和殷洪說：「我們四人最好分投兩路，一路往東魯投姜桓楚，一路往南都，投鄂崇禹，使追兵不致一網打盡。」方弼帶著殷郊往東魯走，方相帶著殷洪往南都走。

方弼和殷郊走了四、五十里路以後，晚上想找個地方投宿，看見一所房子，上面寫著「太師府」，方弼很高興，連忙帶著殷郊敲門，裡面出來一個老人，大家相見，才知老人是從前的老宰相商容。商容沒想到太子落到這種情景，不覺地頓足大嘆：「君王怎麼如此糊塗！你們在我這兒休息一晚吧，明天好一早趕路！」

殷破敗和雷開已經抓住方相和殷洪，現在又追到太師府來，商容不肯交出殷郊，大罵殷破敗和雷開兩人，兩人說：「我們是奉命而來，抓不到人，回去要殺頭的！」商容說：「你們放二位殿下投東魯而去，我親自到朝歌去見紂王，責任全由我來負擔！」殷破敗說：「老丞相有所不知，您既然窩藏了殷郊，連您也得一起解往朝歌，老丞相乾脆放回殷郊，我們回去能交代，也就不提您了。」

這時候，太華山雲霄洞的赤精子、九仙山桃園洞的廣成子，兩人閒遊三山五岳，正來到太師府處，撥開雲頭一看，很同情殷郊、殷洪，二人就商量來救他們一救。

在太師府院子，突然風起沙滾，地昏天暗，嚇得大家往太師府裡躲。一會兒風停沙止，雷開、殷破敗一看，不見了殷郊、殷洪，也不見方弼、方相。商容心裡暗暗高興，想到「天不亡含冤之子，地不絕成湯之脈」。殷破敗、雷開心下狐疑，到處搜尋太師府，的確無影無蹤，兩人只好告別太師府，回朝歌報告，等著殺頭，還好被黃飛虎保了下來。

赤精子和廣成子，一個帶著殷洪，一個帶著殷郊回山修道。方弼、方相不想修道，兩人拜別赤精子和廣成子，隱居在黃河岸邊當船夫，生活過得很苦。直到燃燈道人破十絕陣的時候，派黃飛虎去九鼎鐵叉山八寶雲光洞借定風珠，黃飛虎在黃河過渡的時候，認出方弼、方相，一個是老長官，兩個是舊部將，黃飛虎就帶著他們投奔西岐姜子牙的府下。

後來方弼死在十絕陣的風吼陣裡，方相死在十絕陣的落魂陣裡，兩人的靈魂也都上了封神台。

殷洪和殷郊修道成功以後，被赤精子和廣成子派下山幫助姜子牙攻打商紂王，不幸都遇到挑撥是非的申公豹，兩人違背了師命和誓言，最後都死在老師的處罰中，靈魂也都上了封神台。

雷震子

西伯侯姬昌傳說有一百個兒子，雷震子就是他第一百個兒子。姬昌為了奉命進朝歌城見商紂王，帶著一隊人馬，從西岐往朝歌行走，走到燕山的時候，天氣本來晴日炎炎，突然電光雷閃，滂沱大雨，眾人連忙在樹林裡避雨。

一會兒，雲散雨停，連著又打了好幾個響雷，閃電頻頻，大家正準備找人家休息，忽然聽到一個小孩的哭聲，眾人搜索了一陣子，發現古墓旁邊，有個一歲大的小孩子在哭，大家把小孩子抱到姬昌面前，姬昌說：「這個小孩子是個好孩子模樣，不知誰把他丟在古墓旁邊？算我命裡應該有百子，我就收了他吧。」吩咐左右說：「等一會兒，派人將這個孩子送回西岐撫養吧。」

大隊人馬又向前走，過了燕山，就要望見村子了，忽然一個道人，寬袍大袖地向他們走來，在姬昌馬前行禮說：「君侯，貧道有禮。」姬昌慌忙下馬還禮說：「失禮，失禮，請問道人有什麼指教？」道人回答：「貧道是終南山玉柱洞煉氣士雲中子。剛才雷鳴電閃，貧道出來尋訪將星，不知落在什麼地方？」姬昌聽完就說：「難道是那個小孩？」就叫人把孩子抱給道人看。

道人接過點頭說：「君侯，貧道要收這個孩兒上終南山，做為徒弟，等到君侯七年災難滿了，再下山和君侯會面，不知君侯願不願意？」姬昌笑笑說：「你就帶去吧，你怎麼知道我有七年災難？」道人一笑：「天機不可洩漏。君侯既然已經認養這個孩兒，君侯給他取個名字。」姬昌說：「雷過現身，叫雷震子吧。」道人抱著孩子行禮：「貧道領教了，後會有期。」就揚長而去。

果然姬昌進了朝歌城就被紂王關在羑里，關了七年之後，才放他出來。姬昌一離開羑里，向紂王謝恩之後，就星夜趕回西岐。紂王放了他之後，聽了比干之話，又立刻後悔，又派雷開、殷破敗追姬昌回來。

姬昌趕到臨潼關的時候，已知道後面有追兵追來，心裡非常著急。這時，終南山雲中子在玉柱洞中，用指頭算一算：「呀！姬昌有難！」叫道：「金霞童兒，到後桃園，找你的師兄來。」雷震子便跟金童霞兒來到雲中子面前。

雷震子跪拜說：「師父有何吩咐？」雲中子說：「徒弟，你父親西伯姬昌有難，現在在臨潼關，你可前去解救。」就叫雷震子到溪澗洞底去找兵器。雷震子到了溪澗，聞著一股異香，抬頭看見有二枚紅杏在綠葉底下，就摘下它吞了下去。吃完杏子，正在找兵器，突然間，覺得左邊肩膀上好癢，一舉開，長出一隻翅膀來，把他嚇得魂飛天外，正想去弄掉那隻翅膀，右邊又長出一隻，然後臉也開始變化，鼻子凸起，面色變青，頭髮紅似硃砂，眼睛暴突，牙齒橫生，突出唇外，雷震子嚇得呆住了。

雲中子走來看見很滿意，就吩咐雷震子：「你的兵器已經長在身上，再給你一根金棍。」雷震子只得下拜說：「師父，我父親生的是什麼樣子？你告訴我，我才能去救他。」雲中子說：「父子之間，必有感應，不須煩惱。」

雷震子出了洞府，雙翅一飛，剎那間就飛到臨潼關，看見一個山岡上，有一個老先生騎著一匹白馬，就大聲喊：「山上的是不是西伯侯姬昌？」姬昌抬頭一看，嚇得跌下馬，雷震子連忙將姬昌一抱說：「父親，我來救你。」就帶著姬昌，飛過了五關，到了岐山，才把他放下來。雷震子向姬昌拜別說：「父親，保重，孩兒必須回山了。」說完飛走了，姬昌當然滿心感激。

聞太師親自帶兵攻打西岐的時候，雲中子又將雷震子叫到面前說：「你父親已死，現在是你哥哥當了周武王，你師叔姜子牙做了武王的宰相。商朝太師聞仲，也有個會飛的貼身部將，叫做辛環，必須要你下山去制服他。然後你就跟著姜子牙，將商紂王完全打敗之後，你再上山來吧。」

雷震子聽了，施展雙翅，飛向岐山而來，正遇到魔家四將被楊戩打敗了之後，聞太師收拾殘兵，在黃花山新收了一位有翅膀的將軍辛環，想夜間劫姜子牙的兵營。突然，雷震子飛來，在他們的營帳上面飛巡。

聞太師叫辛環前去應戰，空中四翅翻騰，金槌、金棍交加響亮，殺得驚心動魄。最後辛環不敵，雷震子阻止了聞太師夜間劫營的計劃。

雷震子飛來姜子牙府前停住，軍士們看見了都駭住了，連忙報告子牙，子牙請他進來，雷震子說：「我奉師父雲中子的命令，前來拜見師叔，並和皇兄相會。方才我跟聞太師的部將辛環大戰，阻止了他們今夜的劫營。」

子牙聽了高興異常，就忙請武王出來和雷震子會面，雷震子對武王說：「我七歲曾救父親文王出關，我就是燕山雷震子，現在要來幫助哥哥攻打商紂王。」武王早就聽過父親說起雷震子，如今相見，當然又驚又喜。從此雷震子成為姜子牙手下大將，他能空中飛行，不知立了多少戰功，等到姜子牙打敗商紂王，封完神後，雷震子才又回到終南山去。

黃天化

黃飛虎帶著兄弟、兒子、家將，投奔西岐，殺到潼關的時候，他和部將周紀都被陳桐的火龍鏢打得落馬昏死。這時，青峰山紫陽洞清虛道德真君，忽然心下一驚，用指頭算一算，知道黃飛虎遭難，忙命白雲童兒叫黃天化來面前，黃天化雖然是道童裝扮，卻身高九尺，虎形豹體，向真君行禮說：「師父有何吩咐？」真君說：「你父親有難，你去潼關救他一遭。你父親是武成王黃飛虎，你現在下山可和父親相逢。你三歲時候在後花園玩，我剛好路過，看到你頭頂上有一股殺氣，便帶你上山修道，如今已有十三年了。你救了父親之後先回山，以後再跟著父親扶周滅商吧。」黃天化聽完，就向空中撒一把土，借土遁來到潼關。

黃飛虎的三個兒子和眾家將正在為死去的黃飛虎哀哭的時候，忽然一個道童走進營帳裡來，樣子長得跟黃飛虎一模一樣，黃飛彪連忙問道：「你是不是來救我們的？」黃天化說：「我是青峰山紫陽洞道德真君門下，特來相救黃將軍！」就叫人到山澗下取水來，取出身上的仙藥，用水化開，灌入黃飛虎口中，又用同樣的仙藥也給周紀服下。不一會兒，黃飛虎居然起生回生，睜開眼睛大叫：「疼死我了！」黃天化看見黃飛虎醒來，就跪在地上說：「父親，我不是別人，我是你那個三歲在後花園不見了的兒子黃天化。我被道德真君帶到山裡修道去了，我的母親好嗎？」

黃飛虎一聽黃天化提到賈氏，不覺淚流滿面：「我們一家人的災難，就是從你母親被妲己害死開始的。」天化咬牙切齒地說：「爸爸，紂王無道，天上神仙都很憤怒，真君才派我下來幫助您，明天我們一定能打敗陳桐。」黃飛虎說：「陳桐不知從哪裡得到火龍鏢，非常厲害。」黃天化說：「這個孩兒自有辦法。」

第二天，黃飛虎又和陳桐打仗，陳桐看見黃飛虎沒有死，心裡有點恐懼，等到再發火龍鏢的時候，黃天化暗將花籃拿出，對著火龍鏢，把它全部收入籃內。陳桐一看見如此，連忙逃走，卻被黃飛虎一劍刺下馬來，又一劍把他的頭斬落，守關的士兵們看見主將已死，都嚇散了，黃飛虎父子一行人，就殺出潼關，黃天化向黃飛虎拜別說：「父親保重，後會有期，如今我必須回山。」

楊戩幫助姜子牙攻打魔家四將的時候，被四將圍困在核心。真君將自己的座騎玉麒麟給了黃天化，又交給他二個柄鎚，再給了他幾隻長七寸五分的攢心釘，要他下山來助楊戩。

黃天化這次下山來，在子牙相府裡完全換下道服，打扮成將軍的模樣，子牙仍叫他在腰間繫上道人腰帶，以表示不忘本的意思。黃天化看見楊戩被四將圍困，即用攢心釘一一將他們打死。他得勝回府後，與楊戩、哪吒都成為姜子牙手下三位猛將，從此跟著姜子牙南征北討，不知立了多少汗馬功勞。

在姜子牙跟鄧九公打仗的時候，哪吒與鄧九公的女兒鄧嬋玉打鬥，見鄧嬋玉是個女將，不把她放在眼裡，卻沒有想到，鄧嬋玉掩馬逃走的時候，回手一石，將哪吒的臉打得鼻青眼腫，重傷敗回子牙府中，黃天化在一旁取笑哪吒：「你怎麼一看見個女將，就忘了為將之道？為將之道，要眼觀四面，耳聽八方，難道你連一塊石頭也招架不住？如今連相都破了，多慘！」把哪吒氣得說不出話來。

第二天鄧嬋玉又來挑戰，黃天化出去應戰，也是不把鄧嬋玉放在眼裡，對嬋玉大叫：「妳這賤人，昨天將石頭打傷哪吒，今天看我的！」鄧嬋玉高聲回叫：「黃天化，你敢來追我？」說完就掩馬逃走，黃天化心想：「不知要使出什麼詭計，不追她會被哪吒笑話。」就拍著玉麒麟前來追趕。鄧嬋玉一聽腦後有聲，就猛地回手一石，黃天化急閃沒有閃掉，早打在臉上，比哪吒還要狠重。

天化臉腫流血，重傷敗回子牙府裡，哪吒知道了，故意走出來說：「你怎麼也沒有眼觀四面，耳聽八方，我是沒有料到，你料到了怎麼還沒有提防？一個女將，你也是打不過！」黃天化聽了大怒：「我昨天講你出於無心，你怎麼連個小憤，也要有仇必報！」哪吒說：「你昨天侮辱我！」楊戩在一旁說：「好了，好了，大家為國為民，何必如此，傷了彼此和氣。」兩人才不再言語。後來鄧嬋玉被楊戩的哮天犬咬傷，又與土行孫結婚，一起歸順了姜子牙。

姜子牙打敗了聞太師以後，在西岐登臺拜將，準備領軍進攻朝歌。在出岐山金雞嶺的時候，被商紂王派來攔截的將軍孔宣阻礙在金雞嶺，雙方展開惡戰。孔宣自己會法術，將背後的五色光華旗一抖，姜子牙手下猛將哪吒和楊戩都抵擋不住，他自己是一隻孔雀成精變的，後來被西方準提道人渡去了。

他有個部下叫高繼能，也會法術，有一只蜈蜂袋，一打開能成堆成團地咬人，讓人招架不住。子牙和孔宣打了好幾場仗，都打不過孔宣，就想夜間劫營，劫營的時候，黃天化剛好和高繼能打上了，黃天化手拿著二柄鎚直打得高繼能招架不住，高繼能一面逃，一面打開了蜈蜂袋，蜈蜂成堆成團湧上。黃天化用兩隻柄鎚遮擋，不防蜈蜂將他的座騎玉麒麟的眼睛叮了一下，麒麟一叫，後蹄站立直豎，將黃天化翻倒下來，高繼能趕上一槍正中他的胸膛，靈魂便飄到封神台去了。

黃飛虎聽到這個消息，放聲大哭，姜子牙、哪吒、楊戩都很難過，後來是黃天化的父親黃飛虎殺了高繼能，高繼能的蜈蜂被崇黑虎的鐵嘴神鷹吃得乾乾淨淨，兩人替黃天化報了仇。

洪錦夫婦

姜子牙打敗聞太師之後，又用計收伏了鄧九公和蘇護，在孔宣還沒有來金雞嶺攔阻姜子牙進軍朝歌以前，孔宣先派了洪錦來攻打西岐。洪錦現在已升為三山關的總兵官，他和他的手下季康，都會道術。季康一念動咒語，就會在頭頂現出一塊黑雲，雲中跑出一隻黑狗，往下咬人，幾乎把姜子牙手下大將南宮适咬死了。

洪錦又派部將柏顯忠和鄧九公對打，顯忠被鄧九公斬殺了，洪錦便親自出馬會鄧九公。九公旁邊有個叫姬叔明的，心性很急，先衝出來與洪打鬥，洪錦將一支旗桿往下一戳，用刀往上一晃，旗桿上的旗子就化作一門，洪錦連人帶馬走進旗門裡去，姬叔明也趕著進去，這時洪錦看得見姬叔明，姬叔明看不見洪錦，洪錦就在門裡將姬叔明斬於馬下。

洪錦收了旗門，依舊現身，大叫：「誰來會戰？」鄧嬋玉又先鄧九公出來，洪錦依前做了一個旗門走進去，鄧嬋玉聰明，不跟進去，只舉手一石，打入旗門，竟聽見洪錦在裡面哎喲一聲，洪錦臉面重傷，敗回營裡。

第二天，洪錦臉上裹著傷，指名要會鄧嬋玉，土行孫特別叮嚀鄧嬋玉不可走進旗門。這時瑤池金母的女兒龍吉公主下凡來了，要代鄧嬋玉去會洪錦。洪錦看見一女將前來，大叫：「大膽賤人，今日敢過旗門嗎？」龍吉公主笑道：「你那是小術，叫做旗門遁，我們比比看。」洪錦和龍吉公主打了二、三回合，又依前做了一個旗門，龍吉公主也取出一面白旗，往下一戳，也做了一個旗門。洪錦走進自己的旗門，龍吉公主也走進自己的旗門。

龍吉公主的外旗門剛好可克化洪錦的內旗門，洪錦看不見龍吉公主，龍吉公主倒看得見他，便舉劍砍傷了洪錦的背部，洪錦連忙逃脫，竟逃向北海而去，龍吉公主也追到北海。洪錦忙從身上取了一物，向海中一丟，變成一條鯨龍，騎上就逃，龍吉公主將劍亦變成一條魚龍，跨龍而追，龍吉公主又從後面祭起綑仙繩，便將洪錦抓住了。

龍吉公主將洪錦抓到子牙相府，姜子牙大為高興，大家正商量如何處置他，子牙見龍吉公主欲言又止，便問道：「公主有什麼意見？」公主仍是欲言又止，洪錦大叫：「末將被擒，有死而已，不必多言。」

這時一位道人走進來，向子牙行禮說：「貧道是月下老人，龍吉公主與洪錦有俗世姻緣，所以她才下凡，希望姜丞相成全這件美事。」此時龍吉公主才期期艾艾地說：「我是瑤池金母的女兒，因為思凡犯了清規，所以被貶下來，以了此冤孽！」

姜子牙喜出望外，招了洪錦，這場仗自然等於打勝了，便對洪錦說：「你原來與龍吉公主有緣，剛才得罪了。」連忙解開洪錦身上的繩子。洪錦被打敗心裡本來很不舒服，看見龍吉公主對他多情的樣子，也就答應下來，甚至連季康等部將們都被他勸降了子牙，這一場戰爭倒成就了一對夫妻。

後來洪錦跟著南宮适一起攻打佳夢關。佳夢關的主將是胡升、胡雷兩人。南宮适將胡雷活捉了以後，推出去斬了，不久軍士們又來報告：「胡雷又來挑戰！」南宮适再出營來，果然又見到胡雷，就知道胡雷有妖術，兩人又戰，胡雷又被活捉了進來，洪錦對龍吉公主說明胡雷的妖術，龍吉公主笑道：「這叫做替身法，我來制他。」就叫人將胡雷推到她面前，她把胡雷頂上的頭髮分開，用了一根乾坤針從胡雷的頂門上釘下去，才將胡雷釘死。

胡升聽見胡雷死了，本想投降，這時來了一個身穿紅衣的道姑，自稱是丘鳴山火靈聖母，叫胡升去掉免戰牌，胡雷是她的門徒，她要來為胡雷報仇。

洪錦和火靈聖母對戰，火靈聖母有一塊金罩，擲入空中，可現出十五、六丈金光，使人看不見她，她可以看見對方，所以火靈聖母一劍就把洪錦前肩砍傷了。

洪錦連忙逃入營內，火靈聖母又變出三千龍火兵衝進營內，洪錦忙催龍吉公主逃走，龍吉公主正想念咒救火，突然看見一塊金光移來，身上也被火靈聖母砍了一刀，兩夫婦連忙負傷逃走了。

洪錦夫婦逃到汜水關報告姜子牙，子牙親自跟洪錦夫婦來佳夢關，此時困在佳夢關的南宮适，才將殘兵再聚集起來，紮營待戰。

第二天，子牙出陣和火靈聖母對戰，同樣一塊金光罩住子牙，子牙看不見火靈聖母，被她一劍打中背部，打下四不像來。這時廣成子趕來，身穿著掃光衣，金光全被吸入他的衣服裡，使出番天印，將火靈聖母一印打死，她的靈魂也飄到封神台去了。洪錦夫婦逃掉這次災難以後，在通天教主於潼關擺下的萬仙陣裡，被金靈聖母的四象塔雙雙打死，兩人的靈魂自然也上了封神台。

伯夷、叔齊

姜子牙在岐山登臺拜將以後，帶了六十萬雄師，前往燕山。行過燕山，正往首陽山來，突然看見伯夷、叔齊二人，寬衫、大袖、麻鞋、布腰帶，站立在行軍的途中，阻止著大軍，對兵士們說：「請你們主帥答話！」子牙聽說，忙與武王一起前來會見伯夷、叔齊。

伯夷、叔齊對子牙與武王說：「你們今日起兵，要往哪兒去？」子牙說：「要進軍朝歌。」

伯夷說：「商紂王固然荒淫無道，他派兵來打岐山，你應該反抗，將他打敗。現在你帶著六十萬大兵，要去打商紂王，豈不是以暴易暴嗎？」

叔齊也說：「你們雖然說是為了除暴安民，帶兵去打商紂王，商紂王必然會反抗，天下人民都會為了這場戰爭而血流成河，這些代價，又怎麼是你們勝利的果實所能彌補的？

盼你們想一想，不要引起戰爭吧。」

子牙聽了，心裡很感慨，他本來早已歸了道山，下山來打這許多惡仗，也不是他有興趣的，然而現在戰端已啟，事情不能不做完，就回答說：「二位賢人說得很對。不過商紂王的無道，已經惹得天怒於上，民怨於下，雖說以暴易暴的手段，犧牲了太多生命，然而打敗了商紂王，多少可以建立更好的國家，讓活著的老百姓，有機會過太平的生活。凡事沒有十全十美的，我只希望在戰爭的過程中，儘量減少殺傷就好了。」

伯夷又說：「文王死了，武王不先去埋葬父親，就打起仗來，可算孝嗎？你們從前是商紂王的臣子，現在竟然去討伐君王，可算忠嗎？」

武王接著回答說：「我父親希望我完成他的遺志，打敗了商紂王再埋葬他，我父親在地下才會含笑滿意，我才算對他孝順。商紂王若是個講道理，仁愛臣子的君王，我們討伐他才算不忠，你沒有聽說過君不君，所以臣不臣的話嗎？」

伯夷、叔齊聽了，仍然不肯同意，拉著武王的馬不放，左右的兵士們想驅趕伯夷、叔齊，被子牙制止說：「不可！這二位賢人是天下義士，我們雖然不同意他們，還是要尊重他們的。他們不主張以戰爭的手段來解決問題，是很高的智慧，但是人間，甚至天上神仙都沒有達到這種智慧，所以我們還是得去打仗，這是很不幸的事情呢！」伯夷、叔齊聽了，知道姜子牙並不是好戰的人，只是不得已用戰爭來解決當今問題，也就不像先前那麼氣憤他們了，兩人便自動離去，子牙和武王恭敬地等他們離開很遠以後，才又帶著大軍前進。

然而伯夷、叔齊從此便隱居在首陽山裡，甚至窮得沒有米飯吃，常常採野草吃，不久就餓死了，大家都很為兩個賢人而難過。

雲中子

紂王自從妲己進宮以後，更加貪戀歡樂，不理朝政。這天雲中子在終南山手提著水火花籃，到虎兒崖前採藥，仰頭看看遠處，覺得東南方的朝歌皇城有一股妖氣，很像千年狐狸精作怪的樣子，便決定到朝歌皇城除妖。雲中子採完藥，手拿了一段老枯松枝，削成一把木劍，就腳踏祥雲，往朝歌而來。

紂王好久不上朝理政，商容看奏本堆積如山，實在氣憤，便命人敲響大殿的鐘鼓，紂王和妲己在摘星樓都聽見了，紂王不高興地說：「不知又有什麼事，我上朝去看看。」大臣們終於看見紂王上朝，都爭先恐後地將奏本呈上，希望君王解決各種事情。

紂王一看奏本堆積如山，心中就討厭，正不知該看哪一本，聽見侍衛官報告：「終南山煉氣士雲中子求見。」紂王一聽，就對商容說：「宰相，你就替我看看奏本吧，我見見遠來的道士。」其實紂王是想跟道士清談比看公文輕鬆愉快。

雲中子進殿來，手拿著拂塵（ㄓㄨˇ zhǔ）㊟，向紂王點頭行禮，紂王很不高興地想：「這些道人，竟然不叩頭為禮，架子真大！」紂王表面還是請雲中子坐。

紂王問：「道人從哪裡來？」雲中子說：「從雲水處來。」

紂王一聽便生氣地說：「什麼叫雲水？」雲中子說：「不過是說貧道心閒自在，到處為家罷了！」

紂王說：「你們的生活清苦，不如我們人間，衣紫腰金，封妻蔭子，來得富貴隨意。」

雲中子說：「這是兩種生活，我們道人不受人間樊籬管轄，生活雖清苦，卻過得自由逍遙。」

紂王越聽越沒有興趣，便問：「道人今天來有什麼要求？」

雲中子不覺大笑：「沒有什麼要求，只要想幫你除去宮中的妖氣！」

紂王說：「宮中警衛森嚴，妖魅怎麼進得來？」

雲中子說：「我在終南山就看見朝歌皇城上有一股妖氣，我送你這個木劍，你可以掛在宮樓上，看有沒有作用？」

紂王說：「我很難相信你的話，看你的好意，姑且試試吧！」

雲子中便起身說：「貧道告辭了。」

紂王說：「你想不想在朝中做個什麼官？」雲中子說：「你雖是萬邦之主，不懂我們道人的世界，我哪裡有興趣做你朝中的官吏？我喜歡太陽出來了還能睡覺，穿著簡單的衣服滿山遊玩，今天來幫助你，也是一時心血來潮，卻不知道你有沒有這福氣。」

紂王聽完，忙叫侍衛拿金銀二盤賞賜給雲中子，雲中子大笑：「這種東西，貧道沒有用處，告辭了。」就揚長走出宮殿。

紂王雖然不相信雲中子的話，還是將木劍叫人懸掛在宮樓上，看看到底會有什麼事發生，不多久，就聽見宮人來報告說：「蘇娘娘突然頭痛發作，已經昏昏慘慘地睡倒在床上，不省人事了。」

紂王忙趕過去看妲己，她如花的容貌已變成一張白紙，便猛然想到：「早上道人來，就是衝著妲己而來，什麼妖魅不妖魅！這些道人對於美人都心存偏見！」就叫人取木劍下來，將木劍燒毀了，妲己才逐漸好轉過來。

雲中子還未回到終南山，又看見妖氣從朝歌城沖上來，知道紂王燒毀了木劍，就搖頭嘆息地想：「我本想幫他點忙，他完全不接受，看樣子，他就要自取滅亡了。」回到終南山後，就接到元始天尊的密令，曉得天下大勢已定，不但紂王自取滅亡，他還得幫助道友們打敗紂王。他日後最主要的工作，便是下山帶雷震子上山來練功夫，讓雷震子練好了功夫後，下山扶周滅商。

廣成子

姜子牙下山封神，諸道友中最忙、為姜子牙跑腿最多的是九仙山桃園洞廣成子。他曾經救殷郊上山學道，派殷郊下山幫助姜子牙，因為殷郊背叛了他的命令和自己的誓言，必須被他處死而心裡傷痛。

他在第一場道友的惡戰——十絕陣中，破了金光聖母的金光陣，因為他有件八卦仙衣，穿在身上金光不能透進身體裡傷害他。他也同樣用這件仙衣破了火靈聖母的一塊金光罩，將火靈聖母的那塊照得人看不見對方的光全用衣服掃光，使他們可以用番天印打死火靈聖母。他也用番天印將金光聖母的二十一個金光鏡子打碎了十九個，破了金光陣，也打死了金光聖母。

申公豹為了不讓姜子牙打仗成功，到處在截教裡挑撥離間，惹起截教道友人怨恨闡教，而要跟闡教比高下。廣成子便去碧遊宮見通天教主，要大家不要仇恨。廣成子來到碧遊宮外，通天教主正在洞裡講道。他等了很久，才看見童子出來，請童子報告通天教主，通天教主請廣成子進洞裡來，問廣成子說：「你今日到我的洞裡來，有什麼事情？」

廣成子將火靈聖母頭上的金冠交給通天教主，然後說：「師叔在上，最近師叔門下常常去和姜子牙為敵，火靈聖母要傷姜子牙，弟子才用番天印將她打死，現在將她的金冠交上，請師叔恕罪。」

通天教主說：「這大概是天意。當初我與元始、老子三人簽定『封神榜』的時候，已經規戒門下弟子，不要擅自下山牽惹是非，如果我門下不守教規，那他們是罪由自取。」

廣成子聽了，就拜辭通天教主，他剛走出碧遊宮不遠，龜靈聖母就在他後面大叫：

「廣成子！你真真豈有此理！打死了我們的姊妹火靈聖母，還大大方方來交上金冠，說一套話！我現在就來拿你，看你有多大能耐！」

廣成子忙陪笑說：「師妹息怒，不是我要打死火靈聖母，是她要打死姜子牙的！你我師尊共同立下的規矩，如何是我的錯！」龜靈聖母拿著劍就來刺廣成子，廣成子連忙以手中劍架住，龜靈聖母又是一劍，刺破廣成子的衣服，廣成子便祭起番天印打來，龜靈聖母被打出原形，原來是隻大烏龜。

這時，多寶道人、金靈聖母、金光仙、烏雲仙、虬首仙都來看到，都覺得廣成子不給他們面子，硬是把龜靈聖母的原形打出來羞辱他們，就一起上來打廣成子，廣成子嚇得只好逃到碧遊宮內。通天教主正在練神功，一看廣成子跑進來，便說：「你得罪了眾門人，最好向他們道個歉吧！」廣成子說：「好的，我並不想打鬥。」

通天便叫童子去叫眾門人進來，然後叫廣成子向眾門人道歉，廣成子道了歉就趕出了碧遊宮。沒走多遠，眾門人又追上他來，還是要抓住他洩恨，通天教主也匆匆趕來，通天叫住門人說：「你們怎麼連我的話都不聽，成何體統！」

多寶道人說：「他道歉不是誠心的，他們闡教一向自以為是！」

通天說：「我看廣成子是真實君子，紅花白藕青荷葉，三教總是一般的。」

廣成子連忙對通天說：「師叔在上，廣成子怕彼此事端惹得太多，才來告知師叔一聲，絕無其他意思，眾門人對我誤會太深了。」

多寶道人說：「你們闡教的人，總說我師父跟獸類、羽類在一起，言下有輕蔑的意思，你承不承認？」

廣成子說：「師叔在上，絕無此話！」

通天就說：「廣成子，你好生去吧，不要與我門人太生計較。」廣成子連忙告辭而去。後來因為申公豹也跑來碧遊宮挑撥通天教主，通天才跟元始、老子結下仇怨，在界牌關擺下了誅仙陣，使得廣成子白跑了這一趟碧遊宮。

西方道人

《封神傳》裡的三教，是指闡教、截教、西方道人三教。西方道人以準提道人和接引道人為代表，他們是屬於印度來的道人，幫助闡教打截教，但又普渡很多成精的動物回西方去，以表示博愛。

孔宣將軍在金雞嶺阻住姜子牙出兵攻打商紂王的時候，將子牙手下的猛將哪吒、雷震子、南宮适、洪錦等人，全部用他背後的五色光華旗一抖，神光一道就將他們刷下馬來困住了。

楊戩想用照妖鏡來照他，照了半天也照不出東西來。孔宣大笑道：「你走近點來照個明白吧，我讓你照！」一連陸壓散人的神葫蘆裡的白光都鬥不過孔宣的紅光。燃燈道人祭起定海珠，也被孔宣的紅光攝去了。直到西方道人準提，手中拿了一株樹枝，來到姜子牙這裡，才對孔宣有了辦法。

準提說：「孔宣道行深重，他跟西方有緣，必須由我來制服他。」

第二天，準提道人來會孔宣，孔宣對著準提大叫：「你是誰？通個姓名！」準提說：「貧道與你有緣，特別來渡你修成正果。」孔宣大笑：「簡直一派胡言！」孔宣用刀向準提刺來，準提手中的樹枝變成七寶妙樹，只一刷，孔宣的刀子便刷下了。孔宣又用鋼鞭來打，也被準提的七寶妙樹刷下。

後來，孔宣抖出五色光華旗，將準提道人攝入紅光中，準提在紅光中，現出如來尊像。剎那間，孔宣頂上盔、身上甲，紛紛粉碎，孔宣被準提道人騎在下面，準提說：「請現出原形！」原來孔宣是一隻細目紅冠的孔雀。準提帶著孔宣，向子牙拜辭而去。

最後，通天教主在潼關擺下萬仙陣——太極兩儀四象陣。

第一陣太極圖陣，赤精子和廣成子都打不過通天門下的烏雲仙，準提道人來了，用手一指，將一朵金蓮指向烏雲仙，準提說：「你若跟我回西方去，就不要你現出原形。」

烏雲仙仍是不聽，準提才叫站在後面的童子出來，童子手拿著竹枝，準提說：「六根清靜竹，來釣金鰲。」竹枝一垂，烏雲仙竟現出一隻大烏龜，被準提童子騎去了。

接著廣法天尊、普賢真人、慈航道人都用準提的方法，收伏了通天教主的門人。

龜靈聖母雖然曾經被廣成子的番天印打出過原形，如今在萬仙陣裡，道行又深了，沒有人打得過她，尤其她祭起日月珠，連懼留孫都被她打得敗逃西去，龜靈聖母窮追其後，一起碰上了西方接引道人。

接引道人對龜靈聖母說：「放過懼留孫！今天特來引渡你。」龜靈聖母大怒：「你既是西方道人，何不守在你的巢穴，來這裡混戰什麼！」

說完，立即祭起日月珠打接引道人，接引道人指上放出一朵青蓮，托住日月珠。接引道人又將手中念珠打下，龜靈聖母躲避不及，便現出原身——一隻大烏龜。

懼留孫正想一劍斬殺，被接引道人急止住：「道友不可亂殺，殺來殺去，劫數相報不已。」然後叫出童子，讓童子騎著大烏龜走了。

陸壓散人

聞太師請截教道友們擺十絕陣來打姜子牙的時候，姜子牙請來了闡教道友，以燃燈為總指揮，一次一次地破了十絕陣。在破完第六絕陣以後，聞太師看見截教道友死得很多，心裡難過，便按下最後四陣，去請了峨嵋山羅浮洞的趙公明道友來對付姜子牙。

趙公明的定海珠打得燃燈道人招架不住，向西南方向跑去，趙公明在後面追燃燈，追到五夷山上，被蕭升的「落寶金錢」拿下了定海珠。

趙公明便逃到三仙島，請雲霄娘娘下山來幫忙，雲霄本來不肯，被趙公明和申公豹說動了之後，也一塊來向燃燈要定海珠。最後，趙公明被燃燈的乾坤尺打死，雲霄一怒，和碧霄、菡芝仙一起擺了黃河陣來向姜子牙挑戰。

在雲霄擺黃河陣之前，趙公明先借了雲霄的金蛟剪來打燃燈與姜子牙，大家都打不過金蛟剪。這時西崑崙的陸壓散人下山來幫助姜子牙。他出來會趙公明，趙公明對他說：「你敢碰我的金蛟剪嗎？」陸壓說：「我既不是闡教，也不是截教，我是西崑崙的散人，因為看不慣你保假滅真，所以來會一會你，你使出來吧！」

趙公明看他不過是一個長鬍子的矮道人，便將金蛟剪祭在空中，陸壓知道厲害，連忙化為長虹逃進了燃燈的蘆篷中。

陸壓說：「看樣子不能跟趙公明硬碰硬，金蛟剪太厲害，我們用念咒拜魂的方法，暗中取他的魂魄好了。」就叫姜子牙在岐山建一個臺，上面紮一個草人，寫上趙公明三個字。跟姜子牙以前被姚天君念咒拜魂一樣，頭上一盞燈，腳下一盞燈地想拜死趙公明，果然趙公明被拜得奄奄一息。

這時白天君使出他的第七陣烈焰陣。白天君對燃燈大叫：「闡教門下，誰來破此陣？」燃燈正不知派誰出去才好，陸壓散人出來說：「我來會你的烈焰陣！」白天君一聽，就往自己的陣裡走，陸壓也跟進去。白天君搖動臺上的紅旗子，空中、地中的火全都燒起，陸壓在火中卻越燒越有精神。他慢慢地取出葫蘆，揭開葫蘆蓋，放出一道白光，衝向白天君，白天君立刻昏迷，陸壓又對葫蘆說：「寶貝轉身！」白天君的頭便被斬落了，陣內的烈火也就煙消灰滅，白天君的靈魂向封神台而去。

接著赤精子破了落魂陣、道德真君破了紅水陣、南極仙翁破了紅砂陣。

雲霄娘娘趕來救趙公明，向燃燈道人要定海珠，定海珠是燃燈的寶貝，燃燈當然不肯，趙公明氣得要祭金蛟剪，因為身體弱，一時祭不出來，竟被燃燈的乾坤尺打死了。

雲霄和碧霄、菡芝仙三位道姑便擺了黃河陣，來難倒姜子牙和燃燈。直到元始和老子來了，才破了黃河陣。後來老子和元始在破通天教主的萬仙陣時，陸壓散人又來幫忙，跟著元始和老子在萬仙陣中衝進殺出，直到鴻鈞道人來了，大家才停戰。鴻鈞道人斥責了通天教主，也責備了元始、老子的不是以後，便帶著通天教主走了。

陸壓散人向元始、老子告別，他對子牙說：「三教從此停戰了。我將葫蘆送給你，你日後自有用處。」一說完，將葫蘆給了子牙就走了。姜子牙接了葫蘆，向陸壓散人拜謝不止，後來，子牙就是用這葫蘆將一代美人妲己殺死。

羅宣、劉環道人

殷郊下山幫助蘇護打姜子牙的時候，有一個道人叫羅宣，身穿大紅袍，臉像紅棗一樣，騎著一隻赤毛馬，並帶著另一個道人劉環，一起來幫助殷郊。

羅宣和劉環與黃天化、哪吒互相打了好幾回合，被黃天化、哪吒打敗回營。羅宣對劉環說：「我是火龍島焰中仙羅宣，你是九龍島煉氣士劉環，我發火，你吹氣，我們來大燒西岐城如何？」劉環說：「當然。」

兩人當夜就在西岐城發火作氣，西岐城果然燒了起來，姜子牙和武王兩人都嚇得跪在城臺上，向天禱告。子牙著急地說：「糟了，我就是現在去求救兵也來不及了！」話還沒說完，就看見天上有一個女道姑，乘著青鳥而來，她就是後來與洪錦結為夫婦的龍吉公主。

公主對子牙說：「你和武王不要憂愁，我奉瑤池金母之命，下來解救西岐城。」就拿著四海瓶，灑向西岐城，結果滿地水氣向上升騰，霎時濃雲密布，大雨滂沱，密密沉沉的雨水就將大火熄滅了。

羅宣連忙現出三頭六臂，祭起照天印，向龍吉公主打來，公主用二龍劍一指，照天印反向羅宣打回。羅宣連忙騎著赤毛馬逃走，照天印已打中羅宣的赤毛馬，羅宣跌下馬來，被公主的二龍劍斬殺而死。

劉環看見羅宣敗了，也想逃走，被龍吉公主追上，用二龍劍刺中劉環後心，劉環也死了，他們的靈魂都上了封神台。

龍吉公主對子牙說：「我已解救了西岐城的火難，現在就要回瑤池金母那兒了，後會有期。」姜子牙和武王在臺上拜謝不已。這時姜子牙並沒有想到，蘇護歸降西岐之後，洪錦前來攻打西岐，龍吉公主又會下凡來幫助他，並捉住洪錦而跟洪錦結為夫婦。

㊟拂塵（ㄔㄣˊ）：多用鹿或馬的尾巴製成，可清灰塵，也可驅趕蚊蟲。魏晉時候，很多道士、文人雅士，喜歡拿着精製的拂塵談話社交。

附錄
原典精選

第十五回　崑崙山子牙下山

詩曰：

子牙此際落凡塵，白首牢騷類野人。幾度策身成老拙，三番涉世反相嗔（ㄔㄣ chēn）。

磻溪未入飛熊夢，渭水安知有瑞林。世際風雲開帝業，享年八百慶長春。

話說崑崙山玉虛宮掌闡教道法元始天尊，因門下十二弟子犯了紅塵之厄，殺罰臨身，故此閉宮止講；又因昊天上帝命仙首十二稱臣，故此三教並談，乃闡教、截教、人道三等，共編成三百六十五位成神，又分八部：上四部雷、火、瘟、斗，下四部群星列宿、三山五岳、步雨興雲、善惡之神。此時成湯合滅，周室當興；又逢神仙犯戒，元始封神，姜子牙享將相之福，恰逢其數，非是偶然。所以「五百年有王者起，其間必有名世者」，正此之故。

一日，元始天尊坐八寶雲光座上，命白鶴童子：「請你師叔姜尚來。」白鶴童子往桃園中來請子牙，口稱：「師叔，老爺有請。」

子牙忙至寶殿座前行禮曰：「弟子姜尚拜見。」天尊曰：「你上崑崙幾載了？」子牙曰：「弟子三十二歲上山，如今虛度七十二歲了。」天尊曰：「你生來命薄，仙道難成，只可受人間之福。成湯數盡，周室將興。你與我代勞，封神下山，扶助明主，身為將相，也不枉你上山修行四十年之功。此處亦非汝久居之地，可早早收拾下山。」

子牙哀告曰：「弟子乃真心出家，苦熬歲月，今亦有年。修行雖是滾芥投針，望老爺大發慈悲，指迷歸覺，弟子情願在山苦行，必不敢貪戀紅塵富貴，望尊師收錄。」

天尊曰：「你命緣如此，必聽于天，豈得違拗？」子牙戀戀難捨。

有南極仙翁上前言曰：「子牙，機會難逢，時不可失；況天數已定，自難逃躲。你雖是下山，待你功成之時，自有上山之日。」子牙只得下山。

子牙收拾琴劍衣囊，起身拜別師尊，跪而泣曰：「弟子領師法旨下山，將來歸著如何？」天尊曰：「子今下山，我有八句鈐偈（ㄑㄧㄢˊ ㄐㄧˋ qián jì），後日有驗。偈曰：

二十年來窘迫聯，耐心守分且安然。磻溪石上垂竿釣，自有高明訪子賢。
輔佐聖君為相父，九三拜將握兵權。諸侯會合逢戊甲，九八封神又四年。」

天尊道罷：「雖然你去，還有上山之日。」子牙拜辭天尊，又辭眾位道友，隨帶行囊，出玉虛宮。

有南極仙翁送子牙，在麒麟崖分付曰：「子牙前途保重！」子牙別了南極仙翁，自己暗思：「我上無叔伯、兄嫂，下無弟妹、子侄，叫我往哪裡去？我似失林飛鳥，無一枝可棲。……」忽然想起：「朝歌有一結義仁兄宋異人，不若去投他罷。」

子牙借土遁前來，早至朝歌。離南門三十五里，至宋家庄。子牙看門庭依舊，綠柳長存。子牙歎曰：「我離此四十載，不覺風光依舊，人面不同。」子牙到得門前，對看門的問曰：「你員外在家否？」管門人問曰：「你是誰？」子牙曰：「你只說故人姜子牙相訪。」庄童來報員外：「外邊有一故人姜子牙相訪。」

宋異人正算帳，聽見子牙來，忙忙迎出庄來，口稱：「賢弟，如何數十載不通音問？」子牙連應曰：「不才有弟。」二人攜手相攙（ㄔㄢ chān），至于草堂，各施禮坐下。

異人曰：「常時渴慕，今日重逢，幸甚，幸甚！」子牙曰：「自別仁兄，實指望出世超凡，奈何緣淺分薄，未遂其志。今到高庄，得會仁兄，乃尚之幸。」

異人忙吩咐收拾飯食，又問曰：「是齋？是葷？」子牙曰：「既出家，豈有飲酒吃葷之理。弟是吃齋。」宋異人曰：「酒乃瑤池玉液、洞府瓊漿，就是神仙也赴蟠桃會，酒吃些兒無妨。」子牙曰：「仁兄見教，小弟領命。」二人懽飲。

異人曰：「賢弟上崑崙多少年了！」子牙曰：「不覺四十載。」異人歎曰：「好快！賢弟在山可曾學些甚麼？」子牙曰：「怎麼不學？不然所作何事？」異人曰：「學些甚麼道術？」子牙曰：「挑水、澆松、種桃、燒火、搧爐、煉丹。」異人笑曰：「此乃僕傭之役，何足掛齒。今賢弟既回來，不若尋些事業，何必出家？就在我家同住，不必又往別處去。我與你相知，非比別人。」子牙曰：「正是。」

異人曰：「古云：『不孝有三，無後為大。』賢弟，也是我與你相處一場，明日與你議一門親，生下一男半女，也不失姜姓之後。」子牙搖手曰：「仁兄，此事且再議。」二人談講至晚，子牙就在宋家庄住下。

話說宋異人二日早起，騎了驢兒往馬家庄上來議親。異人到庄，有庄童報與馬員外曰：「有宋員外來拜。」

馬員外大喜，迎出門來，便問：「員外是那陣風兒颳將來？」異人曰：「小侄特來與令愛議親。」馬員外大悅，施禮坐下。茶罷，員外問曰：「賢契，將小女說與何人？」異人曰：「此人乃東海許州人氏，姓姜，名尚，字子牙，別號飛熊，與小侄契交通家，因此上這一門親正好。」馬員外曰：「賢契主親，並無差遲。」宋異人取白金四錠以為聘資，馬員外收了，忙設酒席款待異人，至暮而散。

且說子牙起來，一日不見宋異人，問庄童曰：「你員外哪裡去了？」庄童曰：「早晨出門，想必討帳去了。」

不一時，異人下了牲口。子牙看見，迎門接曰：「兄長哪裡回來？」異人曰：「恭喜賢弟！」子牙問曰：「小弟喜從何至？」異人曰：「今日與你議親，正是相逢千里，會合姻緣。」子牙曰：「今日時辰不好。」異人曰：「陰陽無忌，吉人天相。」子牙曰：「是那家女子？」異人曰：「馬洪之女，才貌兩全，正好配賢弟；還是我妹子，人家六十八歲黃花女兒。」異人治酒與子牙賀喜。二人飲罷，異人曰：「可擇一良辰娶親。」子牙謝曰：「承兄看顧，此德怎忘。」

乃擇選良時吉日，迎娶馬氏。宋異人又排設酒席，邀庄前、庄後鄰舍，四門親友，慶賀迎親。其日馬氏過門，洞房花燭，成就夫妻。正是：天緣遇合，不是偶然。有詩曰：

離卻崑崙到帝邦，子牙今日娶妻房。
六十八歲黃花女，稀壽有二做新郎。

話說子牙成親之後，終日思慕崑崙，只慮大道不成，心中不悅，哪裡有心情與馬氏暮樂朝歡。馬氏不知子牙心事，只說子牙是無用之物。

不覺過了兩月。馬氏便問子牙曰：「宋伯伯是你姑表弟兄？」子牙曰：「宋兄是我結義兄弟。」馬氏曰：「原來如此。便是親生弟兄，也無有不散的筵席。今宋伯伯在，我夫妻可以安閑自在；倘異日不在，我和你如何處？常言道：『人生天地間，以營運為主。』我勸你做些生意，以防我夫妻後事。」子牙曰：「賢妻說得是。」馬氏曰：「你會做些甚麼生理？」子牙曰：「我三十二歲在崑崙學道，不識甚麼世務生意，只會編笊籬。」馬氏曰：「就是這個生意也好。況後園又有竹子，砍些來，劈些篾（ㄇㄧㄝˋ miè），編成笊籬，往朝歌城賣些錢鈔，大小都是生意。」

子牙依其言，劈了篾子，編了一擔笊籬，挑到朝歌來賣。從早至午，賣到未末申初，也賣不得一個。子牙見天色至申時，還要挑著走三十五里，腹內又餓了，只得奔回。一去一來，共七十里路，子牙把肩頭都壓瘇了。

走到門前，馬氏看時，一擔去，還是一擔來。正待問時，只見子牙指馬氏曰：「娘子，你不賢。恐怕我在家閑著，叫我賣笊籬。朝歌城必定不用笊籬，如何賣了一日，一個也賣不得，到把肩頭壓瘇了？」馬氏曰：「笊籬乃天下通用之物，不說你不會賣，反來假抱怨！」夫妻二人語去言來，犯顏嘶嚷。

宋異人聽得子牙夫婦吵嚷，忙來問子牙曰：「賢弟，為何事夫妻相爭？」子牙把賣笊籬事說了一遍。異人曰：「不要說是你夫妻二人，就有三、二十口，我也養得起。你們何必如此？」馬氏曰：「伯伯雖是這等好意，但我夫妻日後也要過活，難道束手待斃。」宋異人曰：「弟婦之言也是，何必做這個生意；我家倉裡麥子生芽，可叫後生磨些麵，賢弟可挑去貨賣，豈不強過編笊籬。」子牙把籮擔收拾，後生支起磨來，磨了一擔乾麵。

子牙次日挑著進朝歌貨賣。從四門都走到了，也賣不的一觔。腹內又饑，擔子又重，只得出南門，肩頭又痛。子牙歇下了擔兒，靠著城墻坐一坐，少憩片時。自思運蹇時乖，作詩一首，詩曰：

四入崑崙訪道玄，豈知緣淺不能全！紅塵黯黯難睜眼，浮世紛紛怎脫肩？
借得一枝棲止處，金枷玉鎖又來纏。何時得遂平生志，靜坐溪頭學老禪？

話說子牙坐了一會，方纔起身。只見一個人叫：「賣麵的站著！」子牙說：「發利市的來了。」歇下擔子。只見那人走到面前，子牙問曰：「要多少麵？」那人曰：「買一文錢的。」子牙又不好不賣，只得低頭撮麵。

不想子牙不是久挑擔子的人，把肩擔抛在地傍，繩子撒在地下；此時因紂王無道，反了東南四百鎮諸侯，報來甚是緊急；武成王日日操練人馬，因放散營炮響，驚了一騎馬，溜繮奔走如飛。

子牙彎著腰撮麵，不曾提防，後邊有人大叫曰：「賣麵的，馬來了！」子牙忙側身，馬已到了。擔上繩子鋪在地下，馬來的急，繩子套在馬腳上，把兩籮麵拖了五、六丈遠，麵都潑在地下，被一陣狂風將麵刮個乾淨。子牙急搶麵時，渾身俱是麵裹了。買麵的人見這等模樣，就去了。子牙只得回去。

一路嗟歎，來到庄前。馬氏見子牙空籮回來，大喜，「朝歌城乾麵這等賣的。」子牙到了馬氏跟前，把籮擔一丟，罵曰：「都是你這賤人多事！」馬氏曰：「乾麵賣的乾淨是好事，反來罵我！」

子牙曰：「一擔麵挑至城裡，何嘗賣得，至下午纔賣一文錢。」馬氏曰：「空籮回來，想必都賒去了。」子牙氣沖沖的曰：「因被馬溜繮，把繩子絆住腳，把一擔麵帶潑了一地；天降狂風，一陣把麵都吹去了。卻不是你這賤人惹的事！」

馬氏聽說，把子牙劈臉一口啐（ㄘㄨㄟˋ cuì）道：「不是你無用，反來怨我，真是飯囊衣架，惟知飲食之徒！」子牙大怒，「賤人女流，焉敢啐侮丈夫！」二人揪扭一堆。宋異人同妻孫氏來勸：「叔叔卻為何事與嬸嬸爭競？」子牙把賣麵的事說了一遍。

異人笑曰：「擔把麵能值幾何，你夫妻就這等起來。賢弟同我來。」子牙同異人往書房中坐下。子牙曰：「承兄雅愛，提攜小弟。弟時乖運蹇（ㄐㄧㄢˇ jiǎn），做事無成，實為有愧！」異人曰：「人以運為主，花逢時發，古語有云：『黃河尚有澄清日，豈可人無得運時？』賢弟不必如此。我有許多夥計，朝歌城有三、五十座酒飯店，俱是我的。待我邀眾朋友來，你會他們一會，每店讓你開一日，週而復始，輪轉作生涯，卻不是好。」子牙作謝道：「多承仁兄抬舉。」異人隨將南門張家酒飯店與子牙開張。

朝歌南門乃是第一個所在，近教場，各路通衢，人煙湊積，大是熱鬧。其日做手多宰豬羊，蒸了點心，收拾酒飯齊整，子牙掌櫃，坐在裡面。一則子牙乃萬神總領，一則年庚不利，從早晨到巳牌時候，鬼也不上門。黃飛虎不曾操演，天氣炎熱，豬羊餚饌，被這陣暑氣一蒸，登時臭了，點心餿了，酒都酸了。子牙坐得沒趣，叫眾把持：「你們把酒餚都吃了罷，再過一時可惜了。」子牙作詩曰：

皇天生我在塵寰，虛度風光困世間。
鵬翅有時騰萬里，也須飛過九重山。

當時子牙至晚回來。異人曰：「賢弟，今日生意如何？」子牙曰：「愧見仁兄！今日折了許多本錢，分文也不曾賣得下來。」異人歎曰：「賢弟不必惱，守時候命，方為君子。總來折我不多，再作區處，別尋道路。」

異人怕子牙著惱，兌五十兩銀子，叫後生同子牙走積場，販賣牛、馬、豬、羊，「難道活東西也會臭了。」子牙收拾去買豬、羊，非止一日。那日販買許多豬、羊，趕往朝歌來賣。此時因紂王失政，妲己殘害生靈，奸臣當道，豺狼滿朝，故此天心不順，旱潦不均，朝歌半年不曾下雨。天子百姓祈禱，禁了屠沽，告示曉諭軍民人等，各門張掛。子牙失于打點，把牛、馬、豬、羊往城裡趕，被看門役人叫聲：「違禁犯法，拿了！」子牙聽見，就抽身跑了。牛馬牲口，俱被入官。子牙只得束手歸來。

異人見子牙慌慌張張，面如土色，急問子牙曰：「賢弟為何如此？」子牙長吁歎曰：「屢蒙仁兄厚德，件件生意俱做不著，致有虧折。今販豬羊，又失打點，不知天子祈雨，斷了屠沽，違禁進城，豬、羊、牛、馬入官，本錢盡絕，使姜尚愧身無地。奈何！奈何！」宋異人笑曰：「幾兩銀子入了官罷了，何必惱他。今煮得酒一壺與你散散悶懷，到我後花園去。」——子牙時來運至，後花園先收五路神。

不知後事何如，且聽下回分解。

第二十三回　文王夜夢飛熊兆

詩曰：

文王守節盡臣忠，仁德兼施造天工。民力不教胼胝碎，役錢常賜錦纏紅。
西岐社稷如磐石，紂王江山若浪從。謾道孟津天意合，飛熊入夢已先通。

話說文王聽散宜生之言，出示張掛西岐各門。驚動軍民，都來爭瞧告示。只見上書曰：

西伯文王示諭軍民人等知悉：西岐之境，乃道德之鄉，無兵戈用武之擾，民安物阜，訟減官清。孤因羑里羈縻，蒙恩赦宥歸國。因見邇來災異頻仍，水潦失度，及查本土，占驗災祥，竟無壇址。昨觀城西有官地一隅，欲造一臺，名曰「靈臺」，以占風候，看驗民災。又恐土木工繁，有傷爾軍民力役。特每日給工銀一錢支用。此工亦不拘日之近遠，但隨民便：願做工者即上簿造名，以便查給；如不願者，各隨爾經營，併無強逼。想宜知悉，諭眾通知。

話說西岐眾軍民人等一見告示，大家歡悅，齊聲言曰：「大王恩德如天，莫可圖報。我等日出而嬉遊，日落而歸宿，坐享承平之福，是皆大王之所賜。今大王欲造靈臺，尚言給領工錢。我等雖肝腦塗地，手胼足胝，亦所甘心。況且為我百姓占驗災祥之設，如何反領大王工銀也。」一郡軍民無不歡悅，情願出力造臺。

散宜生知民心如此，抱本進內啟奏。文王曰：「軍民既有此意舉，隨傳旨給散銀兩。」眾民領訖。文王對散宜生曰：「可選吉日，破土興工。」眾民用心，著意搬泥運土，伐木造臺。正是：

窗外日光彈指過，席前花影座間移。

又道是：

行見落花紅滿地，霎時黃菊綴東籬。

造靈臺不過旬月，管工官來報工完。文王大喜，隨同文武百官排鸞輿出郭，行至靈臺觀看，雕梁畫棟，臺砌巍峩，真一大觀也。有賦為證，賦曰：

臺高二丈，勢按三才。上分八卦合陰陽，下屬九宮定龍虎。四角有四時之形，左右立乾坤之象。前後配君臣之儀，周圍有風雲之氣。此臺上合天心應四時，下合地戶，中合人意。風調雨順，文王有德，使萬物而增輝；聖人治世，感百事而無逆。靈臺從此立王基，驗照災祥扶帝王。正是：治國江山茂，今日靈臺勝鹿臺。

話說文王隨同兩班文武上得靈臺，四面一觀。文王默默不語。時有上大夫散宜生出班奏曰：「今日靈臺工完，大王為何不悅？」文王曰：「非是不悅。此臺雖好，臺下欠少一池沼以應『水火既濟，合配陰陽』之意。孤欲再開沼池，又恐勞傷民力，故此鬱鬱耳。」宜生啟曰：「靈臺之工，甚是浩大，尚且不日而成；況于臺下一沼，其工甚易。」

宜生忙傳王旨：「臺下再開一沼池，以應『水火既濟』之意。」說言未了，只見眾民大呼曰：「小小池沼，有何難成，又勞聖慮！」眾人隨將帶來鍬鋤，一時挑挖；內中挑出一付枯骨，眾人四路拋擲。

文王在臺上，見眾人拋棄枯骨。王問曰：「眾民拋棄何物？」左右啟奏曰：「此地掘起一付人骨，眾人故此拋擲。」文王急傳旨，命眾人：「將枯骨取來，放在一處，用櫃盛之，埋于高阜之地。豈有因孤開沼而暴露此骸骨，實孤之罪也。」

眾人聽見此言，大呼曰：「聖德之君，澤及枯骨，何況我等人民，得沾雨露之恩。真是廣施人意，道合天心，西岐萬民獲有父母矣！」眾民歡聲大悅。

文王因在靈臺看挖沼池，不覺天色漸晚，回駕不及。文王隨文武在靈臺上設宴，君臣共樂。席散之後，文武在臺下安歇。文王臺上設繡榻而寢。

時至三更，正值夢中，忽見東南一隻白額猛虎，脇（ㄒㄧㄝˊ xié）生雙翼，望帳中撲來。文王急叫左右，只聽臺後一聲響喨，火光沖霄，文王驚醒，嚇了一身冷汗；聽臺下已打三更。文王自思：「此夢主何凶吉？待到天明，再作商議。」有詩曰：

文王治國造靈臺，文武鏘鏘保駕來。忽見沼池枯骨現，命將高阜速藏埋。
君臣共樂傳盃盞，夜夢飛熊撲帳楣。龍虎風雲從此遇，西岐方得棟梁才。

話說次早文武上臺，參謁已畢。文王曰：「大夫散宜生何在？」宜生出班見禮曰：「有何宣召？」文王曰：「孤今夜三鼓，得一異夢，夢見東南有一隻白額猛虎，脇生雙翼，望帳中撲來，孤急呼左右，只見臺後火光沖霄，一聲響嘵，驚醒，乃是一夢。此兆不知主何吉凶？」

散宜生躬身賀曰：「此夢乃大王之大吉兆，主大王得棟梁之臣，大賢之客，真不讓風后、伊尹之右。」文王曰：「卿何以見得如此？」宜生曰：「昔商高宗曾有飛熊入夢，得傅說（ㄩㄝˋ yuè）于版築之間；今主公夢虎生雙翼者，乃熊也；又見臺後火光，乃火煅（ㄉㄨㄢˋ duàn）物之象。今西方屬金，金見火必煅；煅煉寒金？必成大器。此乃興周之大兆。故此臣特欣賀。」眾官聽罷，齊聲稱賀。文王傳旨回駕，心欲訪賢，以應上兆。不題。

且言姜子牙自從棄卻朝歌，別了馬氏，土遁救了居民，隱于磻溪，垂釣渭水。子牙一意守時候命，不管閒非，日誦「黃庭」，悟道修真。苦悶時，持絲綸倚綠柳而垂釣。時時心上崑崙，刻刻念隨師長，難忘道德，朝暮懸想。一日，執竿歎息，作詩曰：

自別崑崙地，俄然廿四年。商都榮半載，直諫在君前。
棄卻歸西土，磻溪執釣先。何日逢真主，披雲再見天？

子牙作罷詩，坐于垂楊之下。只見滔滔流水，無盡無休，徹夜東行，熬盡人間萬古。正是：

惟有青山流水依然在，古往今來盡是空。

子牙歎畢，只聽得一人作歌而來：

登山過嶺，伐木丁丁。隨身板斧，砍劈枯藤。崖前兔走，山後鹿鳴。樹梢異鳥，柳外黃鶯。見了些青松檜柏，李白桃紅。無憂樵子，勝似腰金。擔柴一石，易米三升。隨時菜蔬，沽酒二瓶。對月邀飲，樂守孤林。深山幽僻，萬壑無聲。奇花異草，逐日相侵。逍遙自在，任意縱橫。

樵子歌罷，把一擔柴放下，近前少憩，問子牙曰：「老丈，我常時見你在此，執竿釣魚，我和你像一個故事。」子牙曰：「像何故事？」樵子曰：「我與你像一個『漁樵問答』。」子牙大喜：「好個『漁樵問答』。」樵子曰：「你上姓？貴處？緣何到此？」子牙曰：「吾乃東海許州人也。姓姜，名尚，字子牙，道號飛熊。」樵子聽罷，揚笑不止。子牙問樵子曰：「你姓甚？名誰？」樵子曰：「吾姓武，名吉，祖貫西岐人氏。」子牙曰：「你方纔聽吾姓名，反加揚笑者，何也？」武吉曰：「你方纔言號飛熊，故有此笑。」

子牙曰：「人各有號，何以為笑？」樵子曰：「當時古人、高人、聖人、賢人，胸藏萬斛珠璣，腹隱無邊錦繡，如風后、老彭、傅說、常桑、伊尹之輩，方稱其號；似你也有此號，名不稱實，故此笑耳。我常時見你伴綠柳而垂絲，別無營運，守株而待兔，看此清波，無識見高明，為何亦稱道號？」

武吉言罷，卻將溪邊釣竿拿起，見線上叩一針而無曲。樵子撫掌大笑不止，對子牙點頭歎曰：「有智不在年高，無謀空言百歲。」樵子問子牙曰：「你這釣線何為不曲？古語云：『且將香餌釣金鰲。』我傳你一法，將此針用火燒紅，打成鉤樣，上用香餌，線上又用浮子，魚來吞食，浮子自動，是知魚至，望上一摔，鉤掛魚腮，方能得鯉，此是捕魚之方。似這等釣，莫說三年，便百年也無一魚到手。可見你智量愚拙，安得妄曰飛熊！」

子牙曰：「你只知其一，不知其二。老夫在此，名雖垂釣，我自意不在魚。吾在此不過守清雲而得路，撥陰翳而騰霄，豈可曲中而取魚乎！非丈夫之所為也。吾寧在直中取，不向曲中求，不為錦鱗設，只釣王與侯。吾有詩為證：

短杆長線守磻溪，這種機關哪個知？
只釣當朝君與相，何嘗意在水中魚。」

武吉聽罷，大笑曰：「你這個人也想王侯做！看你那個嘴臉，不像王侯，你到像個活猴！」子牙也笑著曰：「你看我的嘴臉不像王侯，我看你的嘴臉也不甚麼好。」武吉曰：「我的嘴臉比你好些。吾雖樵夫，真比你快活：春看桃杏，夏玩荷紅，秋看黃菊，冬賞梅松。我也有詩：

擔柴貨賣長街上，沽酒回家母子歡。
伐木只知營運樂，放翻天地自家看。」

子牙曰：「不是這等嘴臉。我看你臉上的氣色不甚麼好。」武吉曰：「你看我的氣色怎的不好？」子牙曰：「你左眼青，右眼紅，今日進城打死人。」武吉聽罷，叱之曰：「我和你閑談戲語，為何毒口傷人！」

武吉挑起柴，逕往西岐城中來賣。不覺行至南門，卻逢文王車駕往靈臺，占驗災祥之兆。隨侍文武出城，兩邊侍衛甲馬御林軍人大呼曰：「千歲駕臨，少來！」武吉挑著一擔柴往南門來，市井道窄，將柴換肩，不知塌了一頭，番轉尖擔，把門軍王相夾耳門一下，即刻打死。兩邊人大叫曰：「樵子打死了門軍！」即時拿住，來見文王。

文王曰：「此是何人？」兩邊啟奏：「大王千歲，這個樵子不知何故打死門軍王相。」文王在馬上問曰：「那樵子叫甚名字？為何打死王相？」武吉啟曰：「小人就是西岐的良民，叫做武吉。因見大王駕臨，道路窄狹，將柴換肩，悞傷王相。」

文王曰：「武吉既打死王相，理當抵命。」隨即就在南門畫地為牢，豎木為吏，將武吉禁于此間，文王往靈臺去了。——紂時畫地為牢，止西岐有此事。東、南、北連朝歌俱有禁獄，惟西岐因文王先天數，禍福無差，因此人民不敢逃匿，所以畫地為獄，民亦不敢逃去。但凡人走了，文王演先天數，算出拿來，加倍問罪。以此頑猾之民，皆奉公守法，故曰「畫地為獄」。

且說武吉禁了三日，不得回家。武吉思：「母無依，必定倚閭而望；況又不知我有刑陷之災。」因思母親，放聲大哭。行人圍看。

其時散宜生往南門過，忽見武吉悲聲大痛，散宜生問曰：「你是前日打死王相的。殺人償命，理之常也，為何大哭？」武吉告曰：「小人不幸途遇冤家，悞將王相打死，理當償命，安得埋怨。只奈小人有母，七十有餘歲。小人無兄無弟，又無妻室。母老身衰，已為溝渠餓殍，屍骸暴露，情切傷悲，養子無益，子喪母亡，思之切骨，苦不敢言。小人不得已，放聲大哭，不知迴避，有犯大夫，望祈恕罪。」

散宜生聽罷，默思久之：「若論武吉打死王相，非是鬥毆殺傷人命，不過挑柴悞塌尖擔，打傷人命，自無抵償之理。」宜生曰：「武吉不必哭，我往見千歲啟一本，放你回去，辦你母親衣衾棺木，柴米養身之資，你再等秋後以正國法。」武吉叩頭，曰：「謝老爺天恩！」

宜生一日進便殿，見文王朝賀畢，散宜生奏曰：「臣啟大王：前日武吉打傷王相人命，禁于南門。臣往南門，忽見武吉痛哭。臣問其故，武吉言有老母七十餘歲，止生武吉一人，況吉上無兄弟，又無妻室，其母一無所望，吉遭國法，羈陷莫出，思母必成溝渠之鬼，因此大哭。臣思王相人命，原非鬥毆，實乃悞傷。況武吉母寡身單，不知其子陷身于獄。據臣愚念，且放武吉歸家，以辦養母之費，棺木衣衾之資，完畢，再來抵償王相之命。臣請大王旨意定奪。」文王聽宜生之言，隨准行：「速放武吉回家。」詩曰：

文王出郭驗靈臺，武吉擔柴惹禍災。
王相死于尖擔下，子牙八十運纔來。

話說武吉出了獄，可憐思家心重，飛奔回來。只見母親倚閭而望，見武吉回家，忙問曰：「我兒，你因甚麼事，這幾日纔來？為母在家，曉夜不安，又恐你深山窮谷被虎狼所傷，使為娘的懸心吊膽，廢寢忘餐。今日見你，我心方落。不知你為何事，今日纔回？」武吉哭拜在地曰：「母親，孩兒不幸前日往南門賣柴，遇文王駕至，我挑柴閃躲，上無塌了尖擔，打死門軍王相。文王把孩兒禁于獄中。我想母親在家中懸望，又無音信，上無親人，單身隻影，無人奉養，必成溝壑之鬼，因此放聲大哭。多虧上大夫散宜生老爺啟奏文王，放我歸家，置辦你的衣衾、棺木、米糧之類，打點停當，孩兒就去償王相之命。母親，你養我一場無益了！」道罷大哭。

其母聽見兒子遭此人命重禍，魂不附體，一把扯住武吉，悲聲咽咽，兩淚如珠，對天歎曰：「我兒忠厚半生，並無欺妄，孝母守分，今日有何罪孽得罪天地，遭此陷穽之災。我兒，你有差遲，為娘的焉能有命！」

武吉曰：「前一日，孩兒擔柴行至磻溪，見一老人執竿垂釣，線上拴著一個針，在那裡釣魚。孩兒問他：『為何不打彎了，安著香餌釣魚？』那老人曰：『寧在直中取，不在曲中求。非為錦鱗，只釣王侯。』孩兒笑他：『你這個人也想做王侯！你那嘴臉，也不像個王侯，到像一個活猴！』那老人看著孩兒曰：『我看你的嘴臉也不好。』我問他：『我怎的不好？』那老人說孩兒『左眼青，右眼紅，今日必定打死人。』確確的，那一日打死了王相。我想老人嘴極毒，想將起來可惡。」其母問吉曰：「那老人姓甚，名誰？」武吉曰：「那老人姓姜，名尚，字子牙，道號飛熊。因他說出號來，孩兒故此笑他。他纔說出這樣破話。」

老母曰：「此老善相，莫非有先見之明。我兒，此老人你還去求他救你。此老必是高人。」武吉聽了母命，收拾逕往磻溪來見子牙。

不知後事如何，且聽下回分解。

第八十四回　子牙兵取臨潼關

詩曰：

幽魂旛下夜猿啼，壯士紛紛急鼓鼙。黑霧瀰漫人魄散，妖氛籠罩將星低。
只知戰勝歌刁斗，不認奸邪悔噬臍。屈死英雄遭血刃，至今城下草萋萋。

話說通天教主率領眾仙至陣前，老子曰：「今日與你決定雌雄，萬仙遭難。正應你反覆不定之罪。」通天教主怒曰：「你四人看我今番怎生作用！」遂催開奎牛，執劍砍來。老子笑曰：「料你今日作用也只如此！只你難免此厄也！」催開青牛，舉起扁拐，急架忙迎。元始天尊對左右門人曰：「今日你等俱滿此戒，須當齊入陣中，以會截教萬仙，不得錯過。」眾門人聽此言，不覺歡笑，吶一聲喊，齊殺入萬仙陣中。正是：

萬仙陣上施玄妙，都向其中了劫塵。

文殊廣法天尊騎獅子，普賢真人騎白象，慈航道人騎金犼（ㄏㄡˇ hǒu）：三位大士各現出化身，沖將進去。靈寶大法師仗劍而來，太乙真人持寶銼進陣，懼留孫、黃龍真人、雲中子、燃燈道人齊往萬仙陣來。後面又有姜子牙同哪吒等眾門人亦大呼曰：「吾等今日破萬仙陣，以見真偽也！」話未了時，只見陸壓道人從空飛來，撞入萬仙陣內，也來助戰。看這場大戰，正是萬劫總歸此地，神仙殺運方完。只見：

老子坐青牛，往來跳躍；通天教主縱奎牛，猛勇來攻。三大士催開了青獅、象、犼；金靈聖母使寶劍飛騰。靈寶大法師面如火熱；無當聖母怒氣沖空。太乙真人動了心中三昧；毘（ㄆㄧˊ pí）蘆仙亦顯神通。道德真君來完殺戒；雲中子寶劍如虹。懼留孫把綑仙繩祭起；金箍仙用飛劍來攻。陣中玉磬錚錚響，臺下金鐘朗朗鳴。四處起團團煙霧，八方長颯颯狂風。人人會三除五遁，個個曉倒海移峰。劍對劍，紅光燦燦；兵迎寶，瑞氣溶溶。平地下鳴雷震動，半空中霹靂交轟。這壁廂三教聖人行正道；那壁廂通天教主涉邪宗。這四位教主也動了嗔痴煩惱；那通天教主竟犯了反覆無終。正克邪，始終還正；邪逆正，到底成凶。急嚷嚷天翻地覆，鬧炒炒華岳山崩。姜子牙奉天征討，眾門人各要立功：楊戩刀猶如閃電；李靖戟一似飛龍；金吒躍開腳步；木吒寶劍齊衝；韋護祭起降魔寶杵；哪吒登開風火輪，各自稱雄；雷震子二翅半空施勇；楊任手持五火扇搧風。又來了四仙家，祭起那「誅」、「戮」、「陷」、「絕」四口寶劍，這般兵器難當其鋒，咫尺間斬了二十八宿，頃刻時九曜俱空。通天教主精神減半；金靈聖母口內喁喁；毘蘆仙已無主意；無當聖母戰戰兢兢。一時間又來了西方教主，把乾坤袋舉在空中，有緣的須當早進，無緣的任你縱橫。霎時間雲愁霧慘，一會家地暗難窮。從今驚破通天膽，一事無成有愧容。

話說老子與元始沖入萬仙陣內，將通天教主裹住。金靈聖母被三大士圍在當中，只見三大士面分藍、紅、白，或現三首六臂，或現八首六臂，或現三首八臂，渾身上下俱有金燈、白蓮、寶珠、瓔珞、華光護持，金靈聖母用玉如意招架三大士多時，不覺把頂上金冠落在塵埃，將頭髮散了，這聖母披髮大戰，正戰之間，遇著燃燈道人祭起定海珠打來，正中頂門。可憐！正是：

封神正位為星首，北闕香煙萬載存。

燃燈將定海珠把金靈聖母打死。廣成子祭起誅仙劍，赤精子祭起戮仙劍，道行天尊祭起陷仙劍，玉鼎真人祭起絕仙劍，數道黑氣沖天，將萬仙陣罩住，凡封神台上有名者，就如砍瓜切菜一般，俱遭殺戮。

子牙祭打神鞭，任意施為。萬仙陣中又被楊任用五火扇搧起烈火，千丈黑煙迷空，可憐萬仙遭難，其實難堪。哪吒現三首八臂，往來沖突。玉虛一千門下，如獅子搖頭，狻猊舞勢，只殺得山崩地塌。

通天教主見萬仙受此屠戮，心中大怒，急呼曰：「長耳定光仙快取六魂旛來！」定光仙因見接引道人白蓮裹體，舍利現光，又見十二代弟子玄都門人俱有瓔珞（ㄧㄥ ㄌㄨㄛˋ yīng luò）、金燈、光華罩體，知道他們出身清正，截教畢竟差訛，他將六魂旛收起，輕輕的走出萬仙陣，逕往蘆篷下隱匿。正是：

根深原是西方客，躲在蘆篷獻寶旛。

話說通天教主大呼：「定光仙快取旛來！」連叫數聲，連定光仙也不見了。教主已知他去了，大怒，欲待無心戀戰，又見萬仙受此等狼狽；欲待上前，又有四位教主阻住；欲要退後，又恐教下門人笑話；只得勉強相持，又被老子打了一拐。通天教主著了急，祭起紫電鎚來打老子；老子笑曰：「此物怎能近我！」只見頂上現出玲瓏寶塔，此鎚焉能下來。

通天教主正出神，不防元始天尊又一如意，打中通天教主肩窩，幾乎落下奎牛。通天教主大怒，奮勇爭戰。只見二十八宿星官已殺得看看殆盡，止丘引見勢不好了，借土遁就走，被陸壓看見，惟恐追不及，急縱至空中，將葫蘆揭開，放出一道白光，上有一物飛出，陸壓打一躬，命：「寶貝轉身。」可憐丘引頭已落地。陸壓收了寶貝，復至陣中助戰。

且說接引道人在萬仙陣內將乾坤袋打開，盡收那三千紅氣之客，——有緣往極樂之鄉者，俱收入此袋內。準提同孔雀明王在陣中現三十四頭、十八隻手，執定瓔珞、傘蓋、花貫、魚腸、金弓、銀戟、白鉞（ㄩㄝˋ yuè）、旛幢、加持神杵（ㄔㄨˇ chǔ）、寶銼（ㄘㄨㄛˋ cuò）、銀瓶等物來戰通天教主。通天教主看見準提，頓起三昧真火，大罵曰：「好潑道！焉敢欺君太甚，又來攪吾此陣也！」縱奎牛沖來，仗劍直取。準提將七寶妙（ㄇㄧㄠˋ miào）樹架開。正是：

西方極樂無窮法，俱是蓮花一化身。

且說通天教主用劍砍來，準提將七寶妙樹一刷，把通天教主手中劍打得粉碎。通天教主把奎牛一摔，跳出陣去了。

準提道人收了法身，老子與元始也不趕他。群仙共破了萬仙陣，鳴動金鐘，擊響玉磬，俱回蘆蓬上來。老子與元始看見定光仙，問曰：「你是截教門人定光仙，為何躲在此處也？」定光拜伏在地曰：「師伯在上：弟子有罪，敢稟明師伯。吾師煉有六魂旛，欲害二位師伯並西方教主、武王、子牙，使弟子執定聽用。弟子因見師伯道正理明，吾師未免偏聽逆理，造此業障，弟子不忍使用，故收匿藏身于此處。今師伯下問，弟子不得不以實告。」元始曰：「奇哉！你身居截教，心向正宗，自是有根器之人。」隨命跟上蘆篷。

四位教主坐下，共論今日邪正方分。老子問定光仙曰：「你可取六魂旛來。」定光仙將旛呈上。西方教主曰：「此旛可摘去周武、姜尚名諱，將旛展開，以見我等根行如何。」準提隨將六魂旛摘去「武王」、「姜尚」名諱，命定光仙展布。

定光仙依命，將旛連展數展。只見四位教主頂上各現奇珍：元始現慶雲，老子現塔，西方二位教主現舍利子，保護其身。定光仙見了，棄旛倒身下拜，言曰：「似此吾師妄動嗔念，陷無萬生靈也！」西方教主曰：「吾有一偈，你且聽著：

極樂之鄉客，西方妙術神。蓮花為父母，九品立吾身。池邊分八德，常臨七寶園。
波羅花開後，遍地長金珍。談講三乘法，舍利腹中存。有緣生此地，久後幸沙門。」

西方教主曰：「定光仙與吾教有緣。」元始曰：「他今日至此，也是棄邪歸正念頭，理當皈（ㄍㄨㄟ guī）依道兄。」定光仙遂拜了接引、準提二位教主。子牙在篷下與哪吒等曰：「今日萬仙陣中許多道者遭殃，無辜受戮，其實痛心。」門人之內，個個歡喜。不表。

且說通天教主被四位教主破了萬仙陣，內中有成神者，有歸西方教主者，有逃去者，有無辜受戮者。彼時無當聖母見陣勢難支，先自去了；申公豹也走了；毘蘆仙已歸西方教主，後成為毘蘆佛，此是千年後纔見佛光。

當日通天教主領著二、三百名散仙，走在一座山下，少憩片時，自思：「定光仙可恨將六魂旛竊去，使吾大功不能成！今番失利，再有何顏掌碧遊宮大教。左右是一不做、二不休，如今回宮，再立『地水火風』，換個世界罷！」左右眾仙俱各贊襄。通天教主見左右四個切己門徒俱喪，切齒深恨：「不若往紫霄宮見吾老師，先稟過了他，然後再行此事。」正與眾散仙商議，忽見正南上祥雲萬道，瑞氣千條，異香襲襲，見一道者，手執竹杖而來。作偈曰：

高臥九重雲，蒲團了道真。天地玄黃外，吾當掌教尊。盤古生太極，兩儀四象循。
一道傳三友，二教闡截分。玄門都領秀，一氣化鴻鈞。

話說鴻鈞道人來至，通天教主知是師尊來了，慌忙上前迎接，倒身下拜曰：「弟子願老師聖壽無疆！不知老師駕臨，未曾遠接，望乞恕罪。」鴻鈞道人曰：「你為何設此一陣，塗炭無限生靈，這是何說！」通天教主曰：「啟老師：二位師兄欺滅吾教，縱門下毀罵弟子，又殺戮弟子門下，全不念同堂手足，一味欺凌，分明是欺老師一般。望老師慈悲！」

鴻鈞道人曰：「你這等欺心！分明是你自己作業，致生殺伐，該這些生靈遭此劫運；你不自責，尚去責人，情殊可恨！當日三教共僉『封神榜』，你何得盡忘之也！名利乃凡夫俗子之所爭，嗔怒乃兒女之所事，縱是未斬三尸之仙，未赴蟠桃之客，也要脫此苦惱；豈意你三人乃是混元大羅金仙，歷萬劫不磨之體，為三教元首，為因小事，生此嗔痴，作此邪慾。他二人原無此意，都是你作此過惡，他不得不應耳。雖是劫數使然，也都是你約束不嚴，你的門徒生事，你的不是居多。我若不來，彼此報復，何日是了？我特來大發慈悲，與你等解釋冤愆（ㄑㄧㄢ qiān），各掌教宗，毋得生事。」隨分付左右散仙：「你等各歸洞府，自養天真，以俟超脫。」眾仙叩首而散。

鴻鈞道人命通天教主先至蘆篷通報。通天教主不敢有違師命，只得先往蘆篷下來，心中自思：「如何好見他們？」不得已，靦（ㄊㄧㄢˇ tiǎn）面而行。

話說哪吒同韋護等俱在蘆篷下，議論萬仙陣中那些光景，忽見通天教主先行，後面跟著一個老道人扶笻而行，只見祥雲繚繞，瑞氣盤旋，冉冉而來，將至篷下。眾門人與哪吒等各各驚疑未定。只見通天教主將近篷下，大呼曰：「哪吒可報與老子、元始，快來接老爺聖駕！」哪吒忙上篷來報。

話說老子在篷上與西方教主正講眾弟子劫數之厄，今已圓滿，猛抬頭見祥光瑞靄，騰躍而來，老子已知老師來至，忙起身謂元始曰：「師尊來至！」急率眾弟子下篷。只見哪吒來報：「通天教主跟一老道人而來，呼老爺接駕，不知何故。」老子曰：「吾已知之。此是我等老師，想是來此與我等解釋冤愆耳。」遂相率下篷迎接，在道傍俯伏曰：「不知老師大駕下臨，弟子有失遠接，望乞恕罪。」

鴻鈞道人曰：「只因十二代弟子運逢殺劫，致你兩教參商。吾特來與你等解釋愆尤，各安宗教，毋得自相背逆。」老子與元始聲喏曰：「願聞師命。」遂至篷上，與西方教主相見。鴻鈞道人稱讚：「西方極樂世界真是福地。」西方教主應曰：「不敢！」教主請鴻鈞道人拜見。鴻鈞曰：「吾與道友無有拘束。這三個是吾門下，當得如此。」接引道人與準提道人打稽首坐下。後面就是老子、元始過來拜見畢，又是十二代弟子併眾門人俱來拜畢，俱分兩邊侍立。通天教主也在一傍站立。

鴻鈞道人曰：「你三個過來。」老子、元始、通天三個走近前面。道人問曰：「當時只因周家國運將興，湯數當盡，神仙逢此殺運，故命你三個共立『封神榜』，以觀眾仙根行淺深，或仙、或神，各成其品。不意通天弟子輕信門徒，致生事端，雖是劫數難逃，終是你不守清淨，自背盟言，不能善為眾仙解脫，以致俱遭屠戮，罪誠在你，非是我為師的有偏向，這是公論。」接引與準提齊曰：「老師之言不差。」

鴻鈞曰：「今日我與你講明，從此解釋。大徒弟，你須讓過他罷。俱各歸仙闕，毋得戕害生靈。況眾弟子厄滿，姜尚大功垂成，再毋多言。從此各修宗教。」鴻鈞分付：「三人過來跪下。」三位教主齊至面前，雙膝跪下。道人袖內取出一個葫蘆，倒出三粒丹來，每一位賜他一粒：「你們吞入腹中，吾自有話說。」三位教主俱皆依師命，各吞一粒。

鴻鈞道人曰：「此丹非是卻病長生之物，你聽我道來：

此丹煉就有玄功，因你三人各自攻。
若有先將念頭改，腹中丹發即時薨！」

鴻鈞道人作罷詩，三位教主叩首：「拜謝慈悲！」鴻鈞道人起身，作辭西方教主，命通天三弟子：「你隨我去。」通天教主不敢違命。只見接引道人與準提俱起身，同老子、元始率眾門人同送至篷下，鴻鈞別過西方二位教主，老子與眾門人等又拜伏道傍，俟鴻鈞發駕。鴻鈞分付：「你等去罷。」眾人起立拱候。

只見鴻鈞與通天教主駕祥雲冉冉而去。西方教主也作辭回西去了。老子、元始與子牙曰：「今日來，我等與十二代弟子俱回洞府，候你封過神，從新再修身命，方是真仙。」正是：

從修頂上三花現，返本還元又是仙。

子牙與元始眾仙下得蘆篷，姜子牙伏于道傍，拜求掌教師尊曰：「弟子姜尚蒙師尊指示，得進于此地，不知後會諸候一事如何？」老子曰：「我有一詩，你謹記有驗。詩曰：

險處又逢險處過，前程不必問如何。
諸候八百看看會，只待封神奏凱歌。」

老子道罷，與元始各回玉京去了。廣成子與十二代仙人，俱來作別曰：「子牙，吾等與你此一別，再不能會面也！」子牙心下甚是不忍分離，在篷下戀戀不捨。子牙作詩以送之，詩曰：

東進臨潼會萬仙，依依回首甚相憐。
從今別後何年會？安得相逢訴舊緣。

話說群仙作別而去，惟有陸壓握子牙之手曰：「我等此去，會面已難，前途雖有凶險之處，俱有解釋之人，只還有幾件難處之事，非此寶不可，我將此葫蘆之寶送你，以為後用。」子牙感謝不已。陸壓隨將飛刀付與，也自作別而去。

話分兩頭，單表元始駕回玉虛。申公豹只因破了萬仙陣，希圖逃竄他山，豈知他惡貫滿盈，跨虎而遁；只見白鶴童子看見申公豹在前面，似飛雲掣（ㄔㄜˋ chè）電一般奔走，白鶴童子忙啟元始天尊曰：「前面是申公豹逃竄。」元始曰：「他曾發一誓，命黃巾力士將我的三寶玉如意把他拏在麒麟崖伺候。」童子接了如意，遞與力士。

力士趕上前大呼曰：「申公豹不要走！奉天尊法旨拏你去麒麟崖聽候！」祭起如意，平空把申公豹拏了往麒麟崖來。且說元始天尊駕至崖前，落下九龍沉香輦（ㄋㄧㄢˇ niǎn），只見黃巾力士將申豹公拏來，放在天尊面前。元始曰：「你曾發下誓盟，去塞北海眼，今日你也無辭。」申公豹低首無語。元始命黃巾力士：「將我的蒲團捲起他來，拏去塞了北海眼！」力士領命，將申公豹塞在北海眼裡。

第九十九回　姜子牙歸國封神

詩曰：

濛濛香靄彩雲生，滿道謳歌賀太平。北極祥光籠兌地，南來紫氣繞金城。
群仙此日皆登果，列聖明朝盡返貞。萬古崇呼禋祀遠，從今護國永澄清。

話說子牙借土遁來至玉虛宮前，不敢擅入。少時，只見白鶴童兒出來，看見姜子牙，忙問曰：「師叔何來？」子牙曰：「煩你通報一聲，特來叩謁老師。」童子忙進宮來，至碧遊床前啟曰：「稟上老爺：姜師叔在宮外求見。」元始天尊曰：「著他進來。」童子出來，傳與子牙。

子牙進宮，至碧遊床前，倒身下拜：「弟子姜尚愿老師萬壽無疆！弟子今日上山，拜見老師，特為請玉符、敕（ㄔˋ chì）命，將陣亡忠臣孝子，逢劫神仙，早早封其品位，毋令他遊魂無依，終日懸望。乞老師大發慈悲，速賜施行。諸神幸甚！弟子幸甚！」元始曰：「我已知道了。你且先回，不日就有符敕至封神台來，你速回去罷。」子牙叩首謝恩而退。

子牙離了玉虛宮，回至西岐；次日，入朝參謁武王，備言封神一事，「老師自令人齎（ㄐㄧ jī）來。」不覺光陰迅速，也非止一日，只見那日空中笙簧嘹亮，香氣氤氳，旌幢羽蓋，黃巾力士簇擁而來。白鶴童子親齎符敕降臨相府。怎見得，有詩為證：

紫府金符降玉臺，旌幢羽蓋拂三台。雷瘟火斗分先後，列宿群星次第開。
糾察無私稱至德，滋生有自序長才。仙神人鬼從今定，不使朝朝墮草萊。

話說子牙迎接玉符、金敕，供于香上，望玉虛宮謝恩畢，黃巾力士與白鶴童子別了子牙回崑崙，不表。

子牙將符敕親自齎捧，借土遁往岐山前來。只一陣風早到了封神台，有清福神柏鑑來接子牙。

子牙捧符敕進了封神台，將符敕在正中供放，傳令武吉、南宮适：「立八卦紙旛，鎮壓方向與干支旗號。」又令二人領三千人馬，按五方排列。子牙分付停當，方沐浴更衣，拈香金鼎，酌酒獻花，遶臺三匝（ㄗㄚ zā）。子牙拜畢誥敕，先命清福神柏鑑在臺下聽候。子牙然後開讀玉虛宮元始天尊誥敕：

太上無極混元教主元始天尊敕曰：嗚呼！仙凡路迴，非厚培根行豈能通；神鬼途分，豈諂媚奸邪所覬竊。縱服氣煉形于島嶼，未曾斬卻三尸，終歸五百年後之劫；總抱真守一于玄關，若未超脫陽神，難赴三千瑤池之約。故爾等雖聞至道，未證菩提。有心曰修持，貪癡未脫；有身已入聖，嗔怒難除。須至往愆累積，劫運相尋。或脫凡軀而盡忠報國；或因嗔怒而自惹災尤。生死輪迴，循環無已；業冤相逐，轉報無休。吾甚憫焉！憐爾等身從鋒刃，日沉淪于苦海，心雖忠藎，每漂泊而無依。特命姜尚依劫運之輕重，循資品之高下，封爾等為八部正神，分掌各司，按布週天，糾察人間善惡，檢舉三界功行。禍福自爾等施行，生死從今超脫，有功之日，循序而遷。爾等其恪守弘規，毋肆私妄，自惹愆尤，以貽伊戚，永膺寶籙，常握絲綸。故茲爾敕，爾其欽哉！

子牙宣讀敕書畢，將符籙供放案桌之上，乃全裝甲冑，左手執杏黃旗，右手執打神鞭，站立中央，大呼曰：「柏鑑可將『封神榜』張掛臺下。諸神俱當循序而進，不得攙越取咎。」

柏鑑領法旨，將「封神榜」張掛臺下。只見諸神俱簇擁前來觀看。那榜首就是柏鑑。柏鑑看見，手執引魂旛，忙進壇跪伏壇下，聽宣元始封誥。

子牙曰：「今奉上太元始敕命：爾柏鑑昔為軒轅皇帝大帥，征伐蚩尤，曾有勳功；不幸殛死北海，捐軀報國，忠藎可嘉！一向沉淪，冤猶可憫。幸遇姜尚封神，守臺功茂，特賜寶籙，慰爾忠魂。今敕封爾為三界首領八部三百六十五位清福正神之職。爾其欽哉！」柏鑑在壇下，隔風影裡，手執百靈旛，望玉敕叩頭謝恩畢。只見壇下風雲簇擁，香霧盤旋。柏鑑至臺外，手執百靈旛伺候指揮。

子牙命柏鑑：「引黃天化上臺聽封。」不一時，只見清福神用旛引黃天化至臺下，跪聽宣讀敕命。

子牙曰：「今奉上天元始敕命：爾黃天化以青年盡忠報國，下山首建大功，救父尤為孝養；未享榮封，捐軀馬革，情實痛焉！援功定賞，當存其厚，特敕封為管領三山正神丙靈公之職。爾其欽哉！」黃天化在壇下叩首謝恩，出壇而去。子牙命柏鑑：「引五岳正神上壇受封。」少時，清福神引黃飛虎等齊至臺下，跪聽宣讀敕命。

子牙曰：「今奉上天元始敕命：爾黃飛虎遭暴主之慘惡，致逃亡于他國，流離遷徙，方切骨肉之悲；奮志酧（ㄔㄡˊ chóu）知，突遇陽針之劫，遂罹凶禍，情實可悲！崇黑虎有志濟民，時逢劫運；聞聘等三人金蘭氣重，方圖協力同心，忠義志堅，欲效股肱之願；豈意陽運告終，齎志而歿。爾五人同一孤忠，功有深淺。特錫榮封，以是差等。乃敕封爾黃飛虎為五岳之首，仍加敕一道，執掌幽冥地府一十八重地獄，凡一應生死轉化人神仙鬼，俱從東岳勘對，方許施行。特敕封爾為東岳泰山天齊仁聖大帝之職，總管天地人間吉凶禍福。爾其欽哉！毋渝厥典。」黃飛虎在臺下先叩首謝恩。

子牙方讀四敕曰：「特敕封爾崇黑虎為南岳衡山司天昭聖大帝；特敕封爾聞聘為中岳嵩山中天崇聖大帝；特敕封爾崔英為北岳恆山安天玄聖大帝；特敕封爾蔣雄為西岳華山金天願聖大帝。爾其欽哉！」崇黑虎等俱叩首謝恩畢，同黃飛虎出壇而去。

子牙命柏鑑：「引雷部正神上臺受封。」只見清福神持引魂旛出壇來引雷部正神。只見聞太師，畢竟他英風銳氣，不肯讓人，哪裡肯隨柏鑑。子牙在臺上看見香風一陣，雲氣盤旋，率領二十四位正神逕闖至臺下，也不跪。

子牙執鞭大呼曰：「雷部正神跪聽宣讀玉虛宮封號！」聞太師方纔率眾神跪聽封號。

子牙曰：「今奉太上元始敕命：爾聞仲曾入名山，證修大師，雖聞朝元之果，未證至一之諦，登大羅而無緣，位人臣之極品，輔相兩朝，竭忠補袞，雖劫運之使然，其貞烈之可憫。今特令爾督率雷部，興雲布雨，萬物託以長養，誅逆除奸，善惡由之禍福；特敕封爾為九天應元雷神普化天尊之職，仍率領雷部二十四員催雲助雨護法天君，任爾施行。爾其欽哉！

雷部二十四位天君正神名諱：

鄧天君諱忠	辛天君諱環	張天君諱節
陶天君諱榮	龐天君諱洪	劉天君諱甫
苟天君諱章	畢天君諱環	秦天君諱完
趙天君諱江	董天君諱全	袁天君諱角

李天君諱德（萬仙陣亡）　孫天君諱良　柏天君諱禮
王天君諱變　姚天君諱賓　張天君諱紹
黃天君諱庚（萬仙陣亡）　金天君諱素（萬仙陣亡）　吉天君諱立
余天君諱慶　閃電神（即金光聖母）　助風神（即菡芝仙）」

話說雷祖率領二十四位天君聽封號畢，俱往臺上叩首謝恩，出封神台去訖。只見祥光縹緲，紫霧盤旋，電光閃灼，風雲簇擁，自是不同。有詩讚之，詩曰：

布雨興雲助太平，滋培萬物育群生。
從今雷部承天敕，誅惡安良達聖明。

雷祖去了。

子牙又命柏鑑：「引火部正神上臺聽封」。不一時，清福神引羅宣等至臺下，跪聽宣讀敕命。

子牙曰：「今奉太上元始敕命：爾羅宣昔在火龍島曾修無上之真，未跨青鸞之翼，因一念嗔癡，棄七尺為烏有，雖尤爾咎，實乃往愆。特敕封爾為南方三氣火德星君正神之職，仍率領火部五位正神，任爾施行，巡察人間善惡。爾其欽哉！

火部五位正神名諱：

尾火虎　朱諱招　室火豬　高諱震

觜火猴　方諱貴　翼火蛇　王諱蛟

接火天君　劉諱環」

話說火星率領五位正神叩首謝恩，出臺去了。

子牙又命柏鑑：「引瘟部正神上臺受封。」少時，清福神引呂岳等至臺下，跪聽宣讀敕命。

只見慘霧悽悽，陰風習習，子牙曰：「今奉太上元始敕命：爾呂岳潛修島嶼，有成仙了道之機，悞聽萋菲，動干戈殺戮之慘，自墮惡趣，夫復何戚！特敕封爾為主掌瘟㾮昊天大帝之職；率領瘟部六位正神，凡有時症，任爾施行。爾其欽哉！

瘟部六位正神名諱：

東方行瘟使者　周諱　信
南方行瘟使者　李諱　奇
西方行瘟使者　朱諱天麟
北方行瘟使者　楊諱文輝
勸善大帥　陳諱　庚
和瘟道士　李諱　平」

呂岳等聽罷封號，叩道謝恩，出壇去了。

子牙又命柏鑑：「引斗部正神至臺上受封。」不一時，只見清福神引金靈聖母等至臺下，跪聽宣讀敕命。

子牙曰：「今奉太上元始勅命：爾金靈聖母，道德已全，曾歷百千之劫；嗔心未退，致罹殺戮之殃；皆自蹈于烈焰之中，豈冥數定輪迴之苦。悔已無及。慰爾潛修，特敕封爾執掌金闕，坐鎮斗府，居週天列宿之首，為北極紫氣之尊，八萬四千群星惡煞，咸聽驅使，永坐坎宮斗母正神之職。欽承新命，克盡往愆！

五斗群星吉曜惡煞正神名諱：

東斗星官　蘇諱護　金諱奎
姬諱叔明　趙諱丙
西斗星官　黃諱天祿　龍諱環
孫諱子羽　胡諱昇
胡諱雲鵬
中斗星官　魯諱仁傑　晁諱雷
姬諱叔昇
中天北極紫微大帝　姬諱伯邑考
南斗星官　周諱紀　胡諱雷
高諱貴　余諱成
孫諱寶　雷諱鵾
北斗星官　黃諱天祥天罡　比干文曲
竇諱榮武曲　韓諱昇左輔

韓諱變右弼　蘇諱全忠破軍
鄂諱順貪狼　郭諱宸巨門
董諱忠招搖

群星名諱：

青龍星　鄧諱九公　白虎星　殷諱成秀
朱雀星　馬諱方　玄武星　徐諱坤
勾陳星　雷諱鵬　螣蛇星　張諱山
太陽星　徐諱蓋　太陰星　姜氏（紂后）
玉堂星　商諱容　天貴星　姬諱叔乾
龍德星　洪諱錦　紅鸞星　龍吉公主
天喜星　紂王天子　天德星　梅諱伯（紂大夫）
月德星　夏諱招（紂大夫）　天赦星　趙諱啟（紂大夫）
貌端星　賈氏（黃飛虎妻）　金府星　蕭諱臻

木府星　鄧諱華
火府星　火靈聖母
六合星　鄧氏嬋玉
力士星　鄔諱文化
河魁星　黃諱飛彪
帝車星　姜諱桓楚
帝輅星　丁諱策
皇恩星　李諱錦
地后星　黃氏（紂妃）
伏龍星　黃諱明
黃旛星　魏諱賁
喪門星　張諱桂芳
勾絞星　費諱仲
羅睺星　彭諱遵
飛廉星　姬諱叔坤

水府星　余諱元
土府星　土諱行孫
博士星　杜諱元銑
奏書星　膠諱鬲
月魁星　徹地夫人
天嗣星　黃諱飛豹
天馬星　鄧諱崇禹
天醫星　錢諱保
宅龍星　姬諱叔德
驛馬星　雷諱開
豹尾星　吳諱謙
弔客星　風諱林
卷舌星　尤諱渾
計都星　王諱豹
大耗星　崇諱侯虎

小耗星　殷諱破敗
欄杆星　龍諱安吉
五鬼星　鄧諱秀
血光星　孫諱焰紅
孤辰星　余諱化
病符星　王諱佐
死符星　卞諱金龍
浮沉星　鄭諱椿
歲殺星　陳諱庚
歲破星　晁諱田
血光星　馬諱忠
月破星　王諱虎
死氣星　陳諱季貞
月厭星　姚諱忠
黑殺星　高諱繼能

貫索星　丘諱引
披頭星　太諱鸞
羊刃星　趙諱升
官符星　方諱義真
天狗星　季諱康
鑽骨星　張諱鳳
天敗星　柏諱顯忠
天殺星　卞諱吉
歲刑星　徐諱芳（穿雲總兵）
燭火星　姬諱叔義
亡神星　歐陽諱淳（臨潼總兵）
月遊星　石磯娘娘
咸池星　徐諱忠
月刑星　陳諱梧
七殺星　張諱奎

五谷星　殷諱洪
天刑星　歐陽諱天祿
地網星　姬諱叔吉
華蓋星　敖諱丙
蠶畜星　黃諱元濟
掃帚星　馬氏（子牙妻）
狼藉星　韓諱榮（汜水總兵）
九醜星　龍鬚虎
三尸星　撒諱強
陰錯星　金諱成
刃殺星　公孫諱鐸
五窮星　孫諱合
紅豔星　楊氏（紂妃）
寡宿星　朱諱昇
荒蕪星　戴諱禮

除殺星　余諱忠
天羅星　陳諱桐
天空星　梅諱武
十惡星　周諱信
桃花星　高氏蘭英
大禍星　李諱艮
披麻星　林諱善
三尸星　撒諱堅
三尸星　撒諱勇
陽差星　馬諱成龍
四廢星　袁諱洪
地空星　梅諱德
流霞星　武諱榮
天瘟星　金諱大升
胎神星　姬諱叔禮

伏斷星　朱諱子真　　反吟星　楊諱顯
伏吟星　姚諱庶良　　刀砧星　常諱昊
滅沒星　房諱景元　　歲厭星　彭諱祖壽
破碎星　吳諱龍

二十八宿名諱（內有八人封在水、火二部管事，俱萬仙陣亡）

角木蛟　柏諱林　　斗木豸　楊諱信
奎木狼　李諱雄　　井木犴　沈諱庚
牛金牛　李諱弘　　鬼金羊　趙諱白高
婁金狗　張諱雄　　亢金龍　李諱道通
女土蝠　鄭諱元　　胃土雉　宋諱庚
柳土獐　吳諱坤　　氐土貉　高諱丙
星日馬　呂諱能　　昴日雞　黃諱倉
虛日鼠　周諱寶　　房日兔　姚諱公伯

畢月烏　金諱繩陽　　危月燕　侯諱太乙

心月狐　蘇諱元　　張月鹿　薛諱定

隨斗部天罡星三十六位名諱（俱萬仙陣亡）：

天魁星　高諱衍　　天罡星　黃諱真

天機星　盧諱昌　　天閒星　紀諱丙

天勇星　姚諱公孝　　天雄星　施諱檜

天猛星　孫諱乙　　天威星　李諱豹

天英星　朱諱義　　天貴星　陳諱坎

天富星　黎諱仙　　天滿星　方諱保

天孤星　詹諱秀　　天傷星　李諱洪仁

天玄星　王諱龍茂　　天健星　鄧諱玉

天暗星　李諱新　　天祐星　徐諱正道

天空星　典諱通　　天速星　吳諱旭

天異星　呂諱自成　天煞星　任諱來聘
天微星　龔諱清　天究星　單諱百招
天退星　高諱可　天壽星　戚諱成
天劍星　王諱虎　天平星　卜諱同
天罪星　姚諱公　天損星　唐諱天正
天敗星　申諱禮　天牢星　聞諱傑
天慧星　張諱智雄　天暴星　畢諱德
天哭星　劉諱達　天巧星　程諱三益

隨斗部地煞星七十二位名諱（俱萬仙陣亡）：

地魁星　陳諱繼真　地煞星　黃諱景元
地勇星　賈諱成　地傑星　呼諱百顏
地雄星　魯諱修德　地威星　須諱成
地英星　孫諱祥　地奇星　王諱平

地猛星　柏諱有患
地正星　考諱鬲
地闔星　劉諱衡
地暗星　余諱惠
地會星　魯諱芝
地祐星　張諱奇
地獸星　金諱南道
地慧星　車諱坤
地默星　周諱庚
地狂星　霍諱之元
地走星　顧諱宗
地明星　方諱吉
地退星　樊諱煥
地遂星　孔諱成
地隱星　甯諱三益

地文星　革諱高
地闢星　李諱燧
地強星　夏諱祥
地輔星　鮑諱龍
地佐星　黃諱丙慶
地靈星　郭諱巳
地微星　陳諱元
地暴星　桑諱成道
地猖星　齊諱公
地飛星　葉諱中
地巧星　李諱昌
地進星　徐諱吉
地滿星　卓諱公
地周星　姚諱金秀
地異星　余諱知

地理星　童諱貞
地樂星　汪諱祥
地速星　邢諱三鸞
地羈星　孔諱天兆
地妖星　龔諱倩
地伏星　門諱道正
地空星　蕭諱電
地全星　匡諱玉
地角星　藍諱虎
地藏星　關諱斌
地損星　黃諱烏
地察星　張諱煥
地魂星　徐諱山
地陰星　焦諱龍
地壯星　武諱衍公

地俊星　袁諱鼎相
地捷星　耿諱顏
地鎮星　姜諱忠
地魔星　李諱躍
地幽星　段諱清
地僻星　祖諱林
地孤星　吳諱四玉
地短星　蔡諱公
地囚星　宋諱祿
地平星　龍諱成
地奴星　孔諱道靈
地惡星　李諱信
地數星　葛諱方
地刑星　秦諱祥
地劣星　范諱斌

地健星　葉諱景昌　地耗星　姚諱燁

地賊星　孫諱吉　地狗星　陳諱夢庚

隨斗部九曜星官名諱（俱萬仙陣亡）：

崇諱應彪　高諱系平　韓諱鵬

李諱濟　王諱封　劉諱禁

王諱儲　彭諱九元　李諱三益

北斗五氣水德星君名諱：

水德星　魯諱雄　率領水部四位正神

箕水豹　楊諱真　壁水貐　方諱吉清

參水猿　孫諱祥　軫水蚓　胡諱道元」

眾群星列宿聽罷封號，叩首謝恩，紛紛出壇而去。

子牙又命柏鑑：「引直年太歲至臺下受封。」少時，清福神用旛引殷郊、楊任等至臺下，跪聽宣讀敕命。

子牙曰：「今奉太上元始敕命：爾殷郊昔身為紂王，痛母后致觸君父，幾罹不測之殃；後證道名山，背師言有逆天意，釀成犁鋤之禍。雖中公豹之唆使，亦爾自作之愆由。爾楊任事紂，忠君直諫，先遭剜目之苦，歸周捨身報國，後罹横死之災，總劫運之使然，亦冥數之難逭。特敕封爾殷郊為執年歲君太歲之神，坐守週年，管當年之休咎。爾楊任為甲子太歲之神，率領爾部下，日直正神，循週天星宿度數，察人間過往愆由。爾等宜恪修厥職，永欽新命。」

太歲部下日直眾星名諱：

日遊神	溫諱良	夜遊神	喬諱坤
增福神	韓諱毒龍	損福神	薛諱惡虎
顯道神	方諱弼	開路神	方諱相
直年神	李諱丙（萬仙陣亡）	直月神	黃諱承乙（萬仙陣亡）

直日神　周諱　登（萬仙陣亡）　直時神　劉諱　洪」（萬仙陣亡）

殷郊等聽罷封號，叩首謝恩，出壇去了。

子牙又命柏鑑：「引王魔等上壇受封。」不一時，清福神用旛引王魔等至臺下，跪聽宣讀敕命。

子牙曰：「今奉太上元始敕命：爾王魔等昔在九龍島潛修大道，奈根行之未深，聽唆使之萋菲，致拋九轉功夫，反受血刃之苦。此亦自作之愆，莫怨彼蒼之咎。特敕封爾等為鎮守靈霄寶殿四聖大元帥。永承欽命，慰爾幽魂。

王諱　魔　楊諱　森　高諱體乾　李諱興霸」

王魔等聽罷封號，叩頭謝恩，出壇去了。

又命柏鑑：「引趙公明等上壇受封。」不一時，清福神用旛引趙公明等至臺下，跪聽宣讀敕命。

子牙曰：「今奉太上元始敕命：爾趙公明昔修大道，已證三乘根行；深入仙鄉，無奈心頭火熱。德業迥超清淨，其如妄境牽纏。一墮惡趣，返真無路。生未能入大羅之境，死當受金誥之封。特敕封爾為金龍如意正一龍虎玄壇真君之神；率領部下四位正神，迎祥納福，追逃捕亡。爾其欽哉！

招寶天尊　蕭諱昇　　納珍天尊　曹諱寶

招財使者　陳諱九公　　利市仙官　姚諱少司」

趙公明等聽罷封號，叩首謝恩，出壇去了。

子牙又命柏鑑：「引魔家四將上壇受封。」少時，只見清福神用旛引魔禮青兄弟等至臺下，跪聽宣讀敕命。

子牙曰：「今奉太上元始敕命：爾魔禮青等仗秘授之奇珍，有逆天命；逞弟兄之一體，致戮無辜。雖忠藎之可嘉，奈劫運之難躲。同時而盡，久入沉淪。今特敕封爾為四大天王之職；輔弼西方教典，立地水火風之相，護國安民，掌風調雨順之權。永修厥職，毋忝新綸。

增長天王　魔禮青掌青光寶劍一口　職風
廣目天王　魔禮紅掌碧玉琵琶一面　職調
多文天王　魔禮海掌管混元珍珠傘　職雨
持國天王　魔禮壽掌紫金龍花狐貂　職順」

魔禮青等聽罷封號，叩首謝恩，出壇去了。

子牙又命柏鑑：「引鄭倫等上壇受封。」不一時，清福神用旛引鄭倫等至臺下，跪聽宣讀敕命。

子牙曰：「今奉太上元始敕命：爾鄭倫棄紂歸周，方慶良臣之得主，督糧盡瘁，深勤跋涉之劬勞。未膺一命之榮，反罹陽九之厄。爾陳奇阻弔伐之師，雖違天命；蓋忠節于國，實有可嘉。總歸劫運，無用深嗟。茲特即爾等腹內之奇，加之位職。敕封爾等鎮守西釋山門、宣布教化、保護法寶、為哼哈二將之神。爾其恪修厥職，永欽成命。」鄭倫與陳奇聽罷封號，叩首謝恩，出壇去了。

子牙又命柏鑑：「引余化龍父子上壇受封。」不一時，只見清福神用旛引余化龍等至壇下，跪聽宣讀敕命。

子牙曰：「今奉太上元始敕命：爾余化龍父子，拒守孤城，深切忠貞，一門死難，永堪華袞之封。特錫爾之新綸，當克襄乎上理；乃敕封爾掌人間之時症，主生死之修短，秉陰陽之順逆，立造化之元神，為主痘碧霞元君之神；率領五方痘神，任爾施行。仍敕封爾元配金氏為衛房聖母元君；同承新命，永修厥職，汝其欽哉！

五方主痘正神名諱：

東方主痘正神　余諱達　　西方主痘正神　余諱兆

南方主痘正神　余諱光　　北方主痘正神　余諱先

中央主痘正神　余諱德」

余化龍等聽罷封號，叩首謝恩，出壇去了。

子牙命柏鑑：「引三仙島雲霄、瓊霄、碧霄上臺受封。」少時，只見清福神用旛引雲霄等至臺下，跪聽宣讀敕命。

子牙曰：「今奉太上元始敕命：爾雲霄等，潛修仙島，雖勤日夜之功，得道天皇，未登大羅彼岸。況狂逞于兄言，借金剪殘害生靈；且遷怒于冥數，擺「黃河」擒拿正士。

致歷代之門徒，劫遭金斗；削三花之元氣，後轉凡胎。業更變化多端，心無悔乎彰報。姑從惠典，錫爾榮封。特敕封爾執掌混元金斗，專擅先後之天，凡一應仙、凡、人、聖、諸侯、天子、貴、賤、賢、愚，落地先從金斗轉劫，不得越此，為感應隨世仙姑正神之位。爾當念此鸞封，克勤爾職！

雲霄娘娘　瓊霄娘娘　碧霄娘娘

（以上三姑，正是坑三姑娘之神。混元金斗即人間之淨桶。凡人之生育，俱從此化生也。）三姑聽罷封號，叩頭謝恩，出壇去了。

子牙又命柏鑑：「引申公豹至臺上受封。」不一時，只見清福神用百靈旛引申公豹至臺下，跪聽宣讀敕命。

子牙曰：「今奉太上元始敕命：爾申公豹身歸闡教，反助逆以拒直，既已被擒，又發誓以粉過。身雖塞乎北海，情難釋其往愆。姑念清修之苦，少加一命之榮。特敕封爾執掌東海，朝觀日出，暮轉天河，夏散冬凝，週而復始，為分水將軍之職。爾其永欽成命。毋替厥職！」申公豹聽罷封號，叩首謝恩，出壇去了。子牙封罷三百六十五位正神已畢，只見眾神各去領受執掌，不一時，封神台邊悽風盡息，慘霧澄清，紅日中天，和風蕩漾。子牙下壇傳令，命南宮适：「會合朝大小文武官員，至岐山聽候發落。」南宮适領命，忙令馬上飛遞前去，不表。

次日，眾官蹡蹡蹌蹌，齊至壇下伺侯。少時，子牙陞帳。眾官俱進帳參謁畢，子牙傳令：「將飛廉、惡來拿下。」飛廉、惡來二人齊曰：「無罪！」子牙笑曰：「你這二賊，惑君亂政，陷害忠良，斷送成湯社稷，罪盈惡貫，死有餘辜！今國破君亡，又來獻寶偷安，希圖仕周，以享厚祿。新天子祇承休命，萬國維新，豈容你這不忠不義之賊于世，以貽新政之羞也！」命左右：「推出斬之正法！」二人低頭不語。左右推出轅門。

不知性命如何，且聽下回分解。

中國歷代經典寶庫⑦

封神榜——西周英雄傳奇

編　撰　者—李元貞
編　　輯—康逸藍
執行企劃—洪小偉、張燕宜
校　　對—張淑芬

總　編　輯—余宜芳
董　事　長—趙政岷
出　版　者—時報文化出版企業股份有限公司
108019台北市和平西路三段二四〇號三樓
發行專線—（〇二）二三〇六—六八四二
讀者服務專線—〇八〇〇—二三一—七〇五
（〇二）二三〇四—七一〇三
讀者服務傳真—（〇二）二三〇四—六八五八
郵撥—一九三四四七二四時報文化出版公司
信箱—一〇八九九臺北華江橋郵局第九九信箱
時報悅讀網—http://www.readingtimes.com.tw
法律顧問—理律法律事務所　陳長文律師、李念祖律師
印　　刷—綋億印刷有限公司
五版一刷—二〇一二年三月九日
五版四刷—二〇二一年九月三日
定　　價—新台幣二百五十元

時報文化出版公司成立於一九七五年，
並於一九九九年股票上櫃公開發行，於二〇〇八年脫離中時集團非屬旺中，
以「尊重智慧與創意的文化事業」為信念。

封神榜：西周英雄傳奇 / 李元貞編撰. -- 五版. -- 臺北市：時報文化,
2012.03
面；　公分. --（中國歷代經典寶庫；7）

ISBN 978-957-13-5515-3（平裝）

857.44　　101001696

ISBN 978-957-13-5515-3
Printed in Taiwan